STEFANIE SOURLIER
DAS WEISSE MEER

Erzählungen

FRANKFURTER VERLAGSANSTALT

© Frankfurter Verlagsanstalt GmbH
Frankfurt am Main 2011
Alle Rechte vorbehalten
Herstellung und Schutzumschlaggestaltung: Laura J Gerlach
unter Verwendung einer Fotografie von Fabienne Müller.
Satz: psb, Berlin
Druck und Bindung: GGP Media GmbH, Pößneck
Printed in Germany
ISBN: 978-3-627-00173-5

Durch nichts als durch uns von uns abgelenkt, erblickten wir uns in Amras in unserem brodelnden, dann wieder starren Geschwisterzusammenhang ... immer wieder die Frage stellend: *warum wir noch leben müssen ...*
Thomas Bernhard

And people who are uglier than you and I, they take what they need and just leave.
The Smiths

Kupfersulfatblau

Als ich elf Jahre alt war, wollte ich sterben und schluckte das Kupfersulfat aus dem Kosmos-Chemiekasten, den mein Bruder zum Geburtstag bekommen hatte. Nachdem Paul die Herstellung von Plutonium nicht gelungen war, blieb der Chemiekasten unberührt unter seinem Bett liegen. Auch mein erster Versuch misslang. Ich nahm einen Löffel der leuchtend blauen Kristalle auf die Zunge. Kupfersulfat wirkt ätzend auf Haut und Schleimhäuten. Schlimm war nicht die schmerzende Zunge, nicht der Hals, Angina in fortgeschrittenem Zustand, sondern der Geschmack. Bitter, säuerlich, metallisch, es gibt kein Wort. Deshalb gelang es mir nicht, den zweiten Löffel hinunterzuschlucken, obwohl es mir ernst war mit dem Sterben und ich beschlossen hatte, Härte zu beweisen. Minuten später kotzte ich ins Waschbecken. Danach fühlte ich mich elend. Am nächsten Tag ging es mir besser, nur der Geschmack blieb. Er blieb erst im Hals, zwischen den Zähnen, dann noch im Kopf.
Nach einer Woche beschloss ich, den zweiten Versuch durchzuführen. Ich blieb beim Kupfersulfat. Ich leerte den Inhalt von Pauls Aknekapseln, füllte sie neu, schluckte sie und wartete. Erst geschah nichts. Aber nach zwei Stunden kam es. So stark, dass ich mich am Badewannenrand festhalten musste. Ich wusste, dass das Sterben nicht einfach sein würde, also nahm ich es hin. Ich spürte das Kupfersulfat in die Kehle steigen

und erbrach mich. Danach blieb ich lange auf dem kaltgefliesten Badezimmerboden liegen und wunderte mich. Wie nach einem Traum, in dem man in die Tiefe stürzt und doch noch rechtzeitig erwacht, kurz bevor man auf dem Boden aufschlägt.

Meine Freundin und ich sitzen auf dem Sofa im Ferienhaus in Südfrankreich und spielen *Einander-schlimme-Dinge-Erzählen*. Die Kupfersulfatgeschichte ist nicht meine schlimmste Geschichte. Paul übt Geige im oberen Stockwerk. Das Spiel hat keine Regeln. Man darf lügen, übertreiben und verdrehen; Hauptsache, die Geschichten vertreiben die hochsommerliche Nachmittagslangeweile, die in der vor Hitze flirrenden Luft stillsteht wie die grünschimmernden Grillen, die im eintönigen Singsang des Altweibergeschwätzes mitschwingt und einen selbst zu ergreifen droht, den Rücken hinunterschleicht mit den Schweißrinnsalen, unbemerkt die Wirbelsäule entlang. Man sollte drinnen sitzen im kühldunklen Steinhaus, auch wenn alle sich fragen, warum man nicht an den Strand geht bei diesem Wetter, warum man denn sonst gekommen sei, wenn nicht wegen des Meeres. Man sollte drinnen sitzen, für dieses Spiel, bei einem Glas Wein oder einer Flasche, vin de table de la région, Flaschen ohne Etikett, kein Wein, der mit dem Alter besser wird, dieser Wein wird nur Essig. Dazu sollte man Zigaretten rauchen; unzählige, filterlose Gauloises, von denen man gelbe Zähne und Fingerkuppen kriegen würde wie die Alten im Dorf.
Der Sommer ist heißer als normal, und die Hitze sollte noch zunehmen. Doch im kühlen Haus merkt man

nichts davon. Eine fünfstufige Treppe trennt Küche und Eingangsbereich, gesäumt von zwei Säulen, auf denen zwei steinerne Katzen stehen, deren leere Augen zur Tür gerichtet sind. Es ist fünf Uhr nachmittags, wir sind gerade erst aufgestanden; der Schlaf war weiß und weich und leicht wie Watte. Alles ist nicht anders als anderswo, höchstens etwas verschoben. Wir erzählen uns schlimme Dinge, damit die Langeweile nicht kommt, während wir warten, bis vielleicht jemand kommen könnte oder bis etwas passiert.

Hier passiert nie etwas. Jacques, der Dorfverrückte, bastelt seit zehn Jahren an einer Bombe aus Strandgut und Schrott, mit der er das Dorf in die Luft sprengen will. Bisher hat es nicht geklappt.
Das Einzige, was je geschah, war der Waldbrand auf dem Hügel zwischen unserem und dem Nachbardorf im Sommer vor drei Jahren. Am selben Tag verliebten wir uns, meine Freundin und ich. In denselben Jungen. Der ganze Hügel brannte; Rauch lag in der Luft, und im Dorf war ein Geschrei, dann kamen Flugzeuge über den Étang. Wir kletterten aufs Dach, starrten ins Feuer und zählten die Flugzeuge. Hinter dem Hügel wohnte der Junge. Einer von denen, die vorbeikamen, schweigend an unserem Küchentisch herumsaßen und dann wieder gingen. Sie brachten Kassetten oder CDs mit eintönigem Techno, *Spiraltribe*, wie sie stolz erklärten, die wir auf volle Lautstärke drehten. Manchmal gingen wir grillen, aßen süße Crepes mit Marmelade oder quadratische Löschpapierstückchen, die LSD enthielten, wir tranken Absinth, verdünnt mit Wasser und viel Zucker. Die Mäd-

chen aus dem Dorf hassten uns. Der Junge war blond und dünn, er war kaum fünfzehn Jahre alt und sah aus wie ein junger Gott. Ich wusste, dass meine Freundin sich verliebt hatte, und sagte nichts von mir.

Ich weiß genau, dass die Geschichte, die meine Freundin nun erzählt, erfunden ist. Ich kenne sie zu gut, meine Freundin, ich kenne sie in- und auswendig, ich kenne ihre Worte, bevor sie sie ausspricht, und trotzdem wird mir nie langweilig. Nur manchmal bin ich ungeduldig. Von dem einen Mädchen aus dem Nachbardorf handelt die Geschichte meiner Freundin, von dem Mädchen mit den strähnigen braunen Haaren und den nach innen gewandten Augen, nicht ganz richtig im Kopf war das Mädchen, sagte man. *Chez Henri*, bei der Ruine habe sie das Mädchen gesehen, sagte meine Freundin, den Kopf vergraben im Schoß eines Mannes. Sie würde es mit allen treiben, das Mädchen, erzähle man im Dorf, so meine Freundin, sogar mit dem verrückten Jacques. Meine Freundin blickt mich an, ihr Haar ist von der Sonne ganz blond geworden und sieht aus, als würde es nach Meer riechen, dabei waren wir gar nicht am Meer. Unter ihrem dünnen T-Shirt zeichnen sich die Brustwarzen dunkel ab. Auf dem T-Shirt steht *Bubblegum*.
Meine nächste schlimme Geschichte ist nur halb so schlimm wie die vom Kupfersulfat. Paul durfte einmal eine Nabelschnur durchschneiden. Dies war etwas, was Paul durfte und ich nicht; etwas, worin er mir voraus war. Eine Eifersuchtsgeschichte, wie der ewige Kampf, wer schneller laufen konnte oder wer mehr Rosinen im Müsli habe, die wir aus der Milch fischten, am Teller-

rand aufreihten und zählten. Dabei mochte ich Rosinen gar nicht. Das Kind, ein Brüderchen, dessen Geschlecht ich aber erst am nächsten Tag bemerkte, hatte einen roten Kopf und war überhaupt sehr rot. Nur die Nabelschnur war bläulich. Mit einer Schere schnitt Paul diese Nabelschnur durch. Die Schere war so groß, dass er sie kaum alleine halten konnte. An alles andere kann ich mich nicht erinnern, weil sich das Video der Geburt des kleinen Elefäntchens, das wir einige Jahre später im Zoo anschauten, vor das Bild der Geschwistergeburt geschoben hat. Ich versuchte, einen unsichtbaren Punkt hinter dem Fernseher und der Elefantengeburt zu fixieren, um nicht umzukippen vom Rauschen des Blutes in meinem Kopf.
Meine Freundin findet die Geschichte schlimmer als ich. Sie hätte nie eine Nabelschnur sehen, geschweige denn durchschneiden können, sagt sie angewidert, ihr werde schon übel beim Hören eines Wortes wie *Mutterkuchen*.

Am Abend nach dem Waldbrand gingen wir grillen. *Chez Henri* nennen sie die Ruine einer mittelalterlichen Burg am Ufer des Étang. Henri war ein Herzog, dessen Frau ihre vier Kinder im Étang ertränkte. Die Frau wurde hingerichtet, und Henri erhängte sich darauf, aber wie erzählt wird, lebt sein ruheloser Geist immer noch in der Ruine und huscht zuweilen über das seichte Gewässer. An den verbliebenen Mauern stehen die Namen derer, die hier waren, und die der Geliebten, *I Love You, mon amour pour toujours. Fuck la police.* Der Boden ist brauner Staub, zwischen Steinbrocken liegen leere Bierflaschen

und Scherben, Überreste der nächtlichen Feste und Saufgelage der Dorfjugend. An dem Abend nach dem Waldbrand saßen wir auf dem staubigen Boden um das Feuer, und ich trank etwa zehn Flaschen Bier mit einem Jungen aus dem Nachbardorf.
Der Junge hatte die Angewohnheit, uns Geschenke mitzubringen, um uns zu beeindrucken, zwei alte Fischerruten, ein vom Étang angeschwemmtes Skelett einer Katze oder die Beinprothese seines verstorbenen Großvaters. Einige Tage zuvor hatte er eine Gans mitgebracht. Er kam zur Tür herein, holte das flatternde Tier aus seinem Rucksack, und ehe ich mich versah, hielt ich zwei riesige Gänseflügel in den Händen. Als das Genick unter seinen Händen brach, spürte ich es fast körperlich. Die tote Gans zuckte und flatterte immer noch auf dem Steinboden. Das versteht ihr eben nicht, sagte er, dabei hatte ich weder Entsetzen noch Bewunderung geäußert. Wir sind Vegetarierinnen, sagte meine Freundin, das war gelogen. Der Junge packte die Gans, deren Nerven noch lebten, in einen blaudurchsichtigen Müllbeutel und brachte das Geschenk seiner Großmutter.

Meine Freundin und der junge Gott saßen etwas abseits und sprachen über Henri, den Geist. Tu m'étonnes, sagte der Junge neben mir, du erstaunst mich, wobei ich nicht wusste, ob er mich oder das viele Bier, das ich trank, meinte. Als wir keine vollen Bierflaschen mehr fanden, küssten wir uns. Nach diesem Abend schlief er meist in meinem Bett. Er presste seinen mageren Jungenkörper an mich und fragte, ob ich nicht Lust dazu hätte, akzeptierte aber mein Nein, erst etwas widerwillig, wie ein

Kind, das nur bis acht Uhr aufbleiben darf, weil das Fernsehprogramm danach nichts für Kinderaugen ist, und schlief sofort ein. Ich lag noch wach, betrachtete seinen schlafwarmen Körper und es war gut. Am Morgen duschte er und lief den eineinhalbstündigen Weg zurück ins Nachbardorf.

Meine Freundin schreckt auf, weil der Vorhang aus papiernen Perlen vor der Glastür raschelt. Doch es kommt niemand. Die Leute, die in den Lichtblitzen zwischen den Papierperlen erscheinen, gehen an der Tür vorbei. Pauls Geigenspiel hallt von den alten Steinmauern wider. Er spielt Bach. Ich soll eine weitere Geschichte erzählen, meine Freundin wartet. Aber heute fallen mir nur wahre Geschichten ein. Wir könnten die Perlen des Vorhangs aus eingerolltem Papier aufrollen. Wir könnten Depression spielen und die Platte mit dem alten Mississippi-Jazz, Tom Waits oder Charles Aznavour hören, auf der Couch herumliegen, Chips und Schokolade essen und vielleicht etwas weinen. Aber worüber sollen wir weinen?
Gegen Abend wird die Hitze erträglicher, und wir stellen unsere Stühle in die Gasse vor der Haustür wie die Alten vom Dorf, die mit ihrem Strickzeug tagelang auf der Straße sitzen und sich erzählen, was man so sagt, und immer sofort verstummen, wenn wir vorübergehen, so dass wir nicht erfahren, was man so sagt über uns. Wir sitzen vor dem Haus, und da wir kein Strickzeug besitzen, erfinden wir uns welches. Am Fuß des Dorfes liegt der Étang in der Sonne wie eine glänzende Metallscheibe. Die Leute mustern uns und schütteln den Kopf.

Morgen wird man es in der Bäckerei erzählen, die Alten werden es wiederholen wie die Litanei in der Kirche, die Spatzen werden es von den Dächern pfeifen.

Wir gehen zu dritt durch das Dorf; vom kopfsteingepflasterten Platz vor dem kleinen Café und dem Dorfladen führt eine asphaltierte Straße durch den neuen Dorfteil, mit den lachsrosa und beigefarbenen zweistöckigen Flachdachhäusern, hinaus in die hügelige Landschaft. Meine Freundin hat die zwei alten Angelruten aus dem Keller geholt. Gemeinsam mit Paul hat sie die starren Fäden entwirrt und die rostenden Gewinde mit Speiseöl eingerieben. Die Stühle vor dem Café auf dem Dorfplatz sind nur spärlich besetzt, die Stammgäste und Dorfalkoholiker haben sich ins Innere der Bar verzogen und trinken Pastis oder Bier, draußen spritzen sich ein paar Kinder mit Wasserpistolen nass, und ein Touristenpaar in kurzen Shorts über sonnenverbrannten Beinen fotografiert den Brunnen, den ein berittener Bote aus grünlich verfärbter Bronze ziert.
Der Dorfladen ist geschlossen. Der Inhaber, Jean-Marie, ist einen Monat vor unserer Ankunft gestorben. Beim Boule-Spiel auf dem sandigen Platz unterhalb des Nachbardorfes bekam er einen Herzinfarkt. Jean-Marie war ein ruhiger Mensch. Er war vielleicht sechzig Jahre alt und zu den Einheimischen freundlicher als zu uns. Über den Sportteil der lokalen Zeitung gebeugt, saß er hinter der Kasse seines dunklen, leicht schmuddeligen Ladens, ohne aufzublicken murmelte er eine Begrüßung, und wenn man nach etwas fragte, bewegte er sich ohne Eile und blickte einen an, als verlange man etwas Ungehöri-

ges. Genau dies fehlte gerade im Sortiment. Aber außer uns und den Alten kaufte niemand im kleinen Dorfladen ein, alle fuhren in die großen Einkaufszentren, Géant, Lidl, Leader-Price an den Autobahnschleifen vor der Stadt. Also war Jean-Marie oft in der Bar gegenüber zu finden, und an der Ladentür stand: *fermé*.

Vor den pastellfarbenen Häusern des neuen Dorfteils parken Autos, frischgeputzt strahlt das glänzende, zuweilen zerbeulte Metall der Sonne entgegen. Ein paar zigarettenrauchende Jungs hocken auf der Steinmauer neben dem Schild, das den Weg ins Nachbardorf anzeigt, und tuscheln. Sie entscheiden sich dafür, uns zu ignorieren.
Das Gras ist braun vor Trockenheit, die gezackten Blätter der Reben, die den Straßenrand säumen, sind gelblich verfärbt. Die Reben sind prall mit unreifen hellgrünen Traubenkugeln behängt. An den buckligen Bäumen wachsen Granatäpfel und samtig grüne Mandeln. Der schmale Weg führt zwischen hochragenden Schilfstangen am Ufer des Étangs entlang, vorbei am Entenkäfig des verrückten Jacques. Aufgescheucht flattern die Enten gegen das Gitter. Jacques verkauft sie als Köder für die Jagd; die Jäger lassen sie über das Wasser fliegen, und wenn ihre wilden Artgenossen ihnen aufflatternd folgen, fallen diese nach wenigen gezielten Schüssen tot vom Himmel. Neben dem Entenkäfig dümpeln rote und hellblaue Fischerbote im Wasser. Am Ufer liegen die schlauchförmigen Fischernetze ausgebreitet in der Sonne, zwischen den filigranen Schnüren spannt sich eine feine Algenschicht.

Die Fenster des Geisterhauses sind zugemauert. Als wollten sie den Geist einsperren, meint meine Freundin. Oder die Jugendlichen aussperren, sage ich. Meine Freundin und Paul haben sich schon auf dem Steg niedergelassen und halten ihre Angeln ins Wasser, ich bleibe oben bei der Ruine. Es gibt nur zwei Angeln. Mit jedem Windstoß dringt der faulige Geruch stehenden Wassers zu mir. Ich ziehe die Sandalen aus, die dünnen Riemchen haben rote Striche auf meinen staubigen Füßen hinterlassen, ich gehe, vorsichtig zwischen die Scherben tretend, zum Ufer. Der Boden ist mit eingetrocknetem Schlamm bedeckt, die poröse Algenschicht bricht unter meinen Füßen. Die Schilfstengel ragen hoch in den Himmel, dahinter glänzt golden das Wasser.
Meine Freundin hat einen Regenwurm gefunden, wegen der Hitze nurmehr halb lebendig, wir haben Schinkenstückchen dabei. Es gibt Fische und Fische, sagt meine Freundin, die einen beißen nur bei lebendigem Köder, die andern auch bei Aas. Wir müssen erst kleinere Fische fangen, meint sie weiter, um sie dann als Köder für die größeren zu benutzen, vor allem für die Aale, die gehen nur auf lebendige Köder. Der Aal ist das Schutztier des Dorfes, an einigen Häusern hängen Plaketten mit dem Bild des schlangenartigen Fisches. Die Aale gehörten früher zu den meistgefangenen Fischen im Étang. Aber wegen der schlechten Wasserqualität soll sich die Population in den letzten Jahren um mehr als die Hälfte verringert haben. Das Blut der Aale wurde früher zur Heilung von Wahnsinnigen verwendet, zumindest behaupten das die Alten im Dorf. Ihr glaubt doch nicht ernsthaft daran, Aale zu fangen, sage ich.

Paul stößt ein undefinierbares Geräusch aus, gefolgt von einem Schrei meiner Freundin. Er dreht an der rostigen Kurbel und zieht einen mittelgroßen Fisch aus dem trüben Wasser. Der Fisch liegt zuckend auf den Holzplanken des Stegs in der Sonne. Du musst ihn töten, sage ich zu Paul, am besten mit einem Stein. Paul hat keinen Stein. Der Fisch ist bestimmt zu klein, sagt meine Freundin und verzieht das Gesicht, wir sollten ihn besser wieder ins Wasser werfen. Ich gehe zum Ufer und finde einen Stein, den ich Paul reiche. Paul hält den zappelnden Fisch am Schwanz fest. Der Fisch ist bläulich silbern geschuppt, am Bauch fast weiß, er hat kleine gestreifte Flossen. Sein Maul, in dem immer noch der Haken steckt, ist weit geöffnet. Paul schlägt mit dem Stein auf den Fisch, ich sehe ihm nicht in die Augen.
Igitt, das Auge, schreit meine Freundin. Das Fischauge steht leicht hervor und glotzt uns an. Paul hat den Fischschwanz losgelassen. Der Fisch zuckt immer noch. Das sind nur die Nerven, sage ich, nehme Paul den Stein aus der Hand und schlage mit aller Kraft zu.
Zu Hause wasche ich den Fisch und schabe ihm mit einem Messer die silbernen Schuppenblättchen ab. Er glänzt nun kaum mehr, und das weiße Fischfleisch ist in den symmetrisch angeordneten, wabenförmigen Löchern sichtbar. Die oberen Flossen können bewegt und fächerartig ausgebreitet werden. Ich schneide ihm den Bauch auf und greife mit Daumen und Zeigefinger zwischen Skelett und Fleisch, nehme die Gedärme und blasenartigen Gebilde heraus. Ich spüle die offene Bauchhöhle des Fisches aus und schiebe Salz, Gewürze und Knoblauchstücke hinein. Meine Freundin schaut

mir zu. Der Fisch, den ich im Backofen mit verschiedenen Gemüsen gare, schmeckt etwas bitter, da ich wohl beim Ausnehmen die Gallenblase zerstört habe, was man nicht tun sollte. Paul und meine Freundin essen demonstrativ nur die Kartoffeln.

Ich stehe neben dem verrückten Jacques in der engen Telefonzelle an der Straßenkreuzung, um die Ecke soll eine Party in einem Keller stattfinden. Jacques bröselt etwas weißes Pulver aus einem Plastiksäckchen und schiebt es mit meinem Personalausweis auf der silbernen Oberfläche des Telefons zu zwei schmalen Straßen. Er hat mir den Telefonhörer gegeben und sagt, ich solle so tun, als ob ich telefoniere; ich presse den Hörer ans Ohr und sage: Hallo. Auf dem aufgeschlagenen Telefonbuch liegt eine Tüte mit Resten von Fritten und eingetrocknetem Ketchup, auch die Telefonbuchseite ist mit Ketchup verschmiert. Jacques tippt den Rest des Pulvers mit dem Finger auf und fährt sich damit über seine verfärbten Zähne. Er grinst mich an, als hätte er mich überlistet.
Die wenigen Leute verteilen sich an den Rändern des großen Kellerraums mit den kahlen Betonwänden. Als ich zur Bar gehe, fürchte ich plötzlich, dass ich zu schlittern beginne und ausgleite auf dem glatten Boden. Als wäre der See zugefroren, wie früher, eine weiße Fläche, wie die Haut auf der Milch. Eine Eisschicht, die in einem hohen Ton unter den scharfen Kufen der Schlittschuhe summt. Das Eis zu fest, um zu bersten, wenn wir umfielen, erzitterte es nicht einmal unter unseren Fliegengewichten. Man konnte sich flach darauf legen und mit

eiskalten Ohren horchen, ob die Fische tief unter der meterdicken Eisschicht noch lebten. Der Fischgesang hallte dumpf unter dem Eis, oder war es nur der Wind, der den feinen Schnee in weißen Staubwolken über den See blies.

An der Bar, die aus einer alten Kommode besteht, dränge ich mich zwischen die redenden Leute und versuche, den Blick einer jungen Frau mit gebleichten Haaren zu erfassen. Sie ist unglaublich langsam, im Zeitlupentempo gießt sie Wodka oder Gin in Plastikbecher, reißt Eiswürfel aus einer Plastikfolie, Wasser tropft aus der Folie und zwei Eisklumpen fallen auf den Boden. Dann füllt sie die Becher mit Tonic auf. Ich hebe einen der Eisklumpen vom Boden auf und zerdrücke ihn in meiner Hand. Ich bestelle ein Mineralwasser für mich und ein Bier für den verrückten Jacques. Der Becher Wasser ist in wenigen Schlucken ausgetrunken, und da ich Jacques nicht finden kann, beginne ich, auch das Bier zu trinken.

Paul steht allein an der Wand und hält einen Plastikbecher Cola in der Hand. In der Schule wurde Paul einmal von den anderen Kindern in einen Schrank gesperrt. Bevor die Schulstunde begann, schlossen seine Klassenkameraden ihn in den Materialschrank ein. Die Kinder kicherten und tuschelten lauter als sonst, aber der Lehrer schöpfte keinen Verdacht, er bemerkte Pauls Abwesenheit nicht einmal, wie man auch Pauls Anwesenheit kaum je bemerkte. Es war schon fast Mittag, als man ein leises Pochen vernahm, so leise, als würde man vorsichtig an eine Tür klopfen, hinter der jemand schläft.

Das Pochen ging beinahe unter inmitten der Stimme des Lehrers und dem Murmeln der Kinder, die Schiffe versenken spielten und Paul, der im Schrank zwischen Schulheften und Bleistiftschachteln kauerte, längst vergessen hatten. Erst am Ende der Stunde fiel jemandem Paul wieder ein, und als das Gelächter der Kinder lauter wurde, schloss der Lehrer den Schrank auf.

Meine Freundin tanzt in der Mitte des Raumes zu harten Technobeats. Ihre Wangen sind leicht gerötet, und ihre Haare kräuseln sich über der Stirn und an den Schläfen. Sie lacht, sagt etwas, und ich nicke. Meine Bewegungen liegen neben dem Rhythmus, es ist alles um Sekundenbruchteile versetzt. Über den Bässen ertönt Kylie Minogues künstliche Kleinmädchenstimme. Ein Junge hat mir ein Bier geholt, ich kann mich nicht erinnern, ihn schon einmal gesehen zu haben. Er hat ein kantiges dunkles Gesicht und eine Hakennase. Auf seinem T-Shirt steht der Name einer Telefongesellschaft. Ich höre zwar, was er sagt, doch die Wörter sind blubbernde Luftblasen, die an die Wasseroberfläche steigen, zerplatzen und sich in Wasserringen auflösen, die sich ausdehnen wie der Schall, nach außen immer schwächer werden, bis das Wasser sich wieder beruhigt. Ich tanze nun in sicherer Entfernung zu dem Jungen. Der DJ, ein gedrungener Mann mit kleinen Augen, steht starr hinter dem Tisch, auf dem die Plattenspieler aufgebaut sind. Die Bewegungen der Tanzenden scheinen übereinzustimmen mit der Musik und den Lichtblitzen des Stroboskops, nur ich finde keinen Takt. Plötzlich denke ich an Paul. Mir ist etwas Wichtiges eingefallen, das ich ihm

sagen muss, etwas, das ich ihm schon seit Jahren sagen wollte. Ich sehe Paul in einem der Ledersessel am Ende des Raums, auf der Lehne des Sessels daneben sitzt meine Freundin, sie wendet mir den Rücken zu. Ich gehe ein paar Schritte auf sie zu, auf halbem Weg halte ich inne. Meine Freundin neigt sich zu Paul, sie scheint sein Ohr beinahe mit den Lippen zu berühren. Ich habe vergessen, was ich Paul sagen wollte.
Ich finde mich wieder auf einem zerschlissenen Sofa in einer Ecke. Ich bin plötzlich unendlich müde, zu müde sogar, um mich zu fragen, wo denn Paul und meine Freundin sind. Der Junge mit der Telefonwerbung auf dem T-Shirt redet auf mich ein, ich verstehe nur das Übliche. Er versucht, seinen Arm um mich zu legen, aber mein Kopf liegt abgekapselt, so dass er den Arm wieder zurückzieht. Ich stehe auf und gehe langsam, einen Fuß vor den anderen setzend, über die dünner gewordene Eisschicht zum Ausgang.

Am nächsten Tag gehen wir schwimmen. Wir müssten doch endlich etwas unternehmen, sagt meine Freundin, sie könne dieses Rumsitzen nicht mehr aushalten. Wir sind jetzt über eine Woche hier. Das Meer ist zu weit, zu Fuß, der Bus, der einmal täglich Schulkinder, Dorfälteste und Behinderte in die Stadt und wieder zurück bringt, ist bereits morgens gefahren, im Étang gehen nur unwissende Touristen baden. Meine Freundin schlägt vor, ins nahe Schwimmbad zu gehen. Ich hasse Schwimmbäder. Da mir aber nichts Besseres einfällt und Paul auch nichts sagt, gehen wir ins Schwimmbad.
Paul sitzt mir gegenüber und starrt an mir vorbei in das

Blau des Schwimmbeckens. Er ist ganz blass, seine Haut sieht aus wie durchsichtiges Papier und wahrscheinlich fühlt sie sich auch so an, glatt und kühl. Aber das weiß ich nicht, ich habe meinen Bruder nie berührt, seit Jahren habe ich ihn weder umarmt noch geküsst oder auch nur seine kalte trockene Hand gehalten. Ich weiß nicht einmal, ob seine Hand kalt und trocken ist, ich kann es mir nur vorstellen.

Meine Freundin sagt, sie gehe Eis holen; ich will eigentlich kein Eis, entscheide mich dann aber für Schokolade. Paul sagt Erdbeer. Der Kiosk ist auf der anderen Seite des Bades hinter dem Vergnügungspark und den Sportanlagen. Ich schaue meiner Freundin nach, die sich zwischen den auf Badetüchern liegenden, sich bräunenden Körpern hindurchschlängelt und bemerke, dass auch Paul ihr hinterhersieht. Paul steht auf und sagt: Ich gehe schwimmen.

Ich stehe am Rand des Schwimmbeckens und blicke in das hellblaue Wasser, das nur so blau ist, weil der Boden und die Wände blau gestrichen sind. Alles scheint mir unwirklich, unecht, der schwindlig blaue südfranzösische Himmel, der zentimetergenau geschnittene Rasen unter den nackten Fußsohlen, auf den sie den weißen Körper meines Bruders gelegt haben, und all die Menschen in Badekleidern, die dort stehen. Sie haben einen Kreis gebildet um meinen Bruder und mich und um die beiden Bademeister, die neben Pauls Körper knien. Ich weiß nicht, ob ich in der Mitte des Kreises bin oder ob ich außerhalb stehe und nur zum Publikum gehöre, zu den Leuten, die herumstehen. Letzteres wäre mir lieber.

Ich habe nichts gesagt. Ich bin eben erst hinzugekommen, weil ich den Knäuel Leute gesehen und das Geschrei gehört habe. Ich hätte nicht gedacht, dass es Paul ist. Paul kann schwimmen, Paul schwamm schneller und geschmeidiger als ein Fisch, früher. Ich habe eher an ein Kind gedacht, das sich ohne die orangefarbenen Schwimmflügel ins tiefe Becken gewagt hat, für einen kurzen Augenblick der Aufmerksamkeit seiner Mutter entschlüpft. Eigentlich habe ich gar nichts gedacht.

Der Bademeister drückt nun mehrmals mit beiden Händen auf Pauls Brustkorb, wie sie es in den Filmen tun, wenn bei einem Patienten das Herz aufgehört hat zu schlagen, und der Monitor anstelle der Herzrhythmuskurve nur noch eine Linie anzeigt. Pauls Brust ist schmal wie die eines Mädchens, über die Rippen zieht sich die weiße Papierhaut.
Eigentlich habe ich nichts denken wollen, doch als ich die Menschenmenge sehe, die sich um den leblosen Körper drängt, denke ich an Kupfersulfat. Kupfersulfat ist blau. Es besteht aus winzigen leuchtend blauen Kristallen, blauer als der Himmelszenit an einem strahlenden Sommertag wie heute. Kupfersulfat, so steht es im Chemiebuch, Kupfersulfat hat einen intensiven, säuerlich metallischen Geschmack, so dass eine unbeabsichtigte Aufnahme von toxisch relevanten Mengen kaum möglich sein dürfte. Dennoch sollte es, wie alle Chemikalien, vor Kindern gesichert werden.

Die Bademeisterin drückt mit zwei Fingern auf Pauls Halsbeuge. Wahrscheinlich hat sie ihn rausgeholt, auf

ihrer braunen Haut glänzen Wasserperlen. Ich denke an *Baywatch*. Weißer Strand, Palmen, eine leichte Brise, doch dann zieht ein Sturm auf und verfärbt das türkisfarbene Meer dunkel. Aber sie haben alles im Griff, sie werden mit ihren stählernen Gliedern die Wellen zerschneiden und werden sie retten, die Verlorenen, bevor die Folge zu Ende ist. Ich hingegen hätte nicht gewusst, was zu tun wäre, Bewusstlosenlagerung, Beatmung, Herzmassage, gibt er Antwort – atmet er – blutet er – ist der Puls normal? Ich hätte nichts mit dem bewusstlosen Bruderkörper anzufangen gewusst.
Die Leute diskutieren auf Französisch, ich verstehe kaum etwas, wegen des Rauschens in meinen Ohren. Als sie mir damals sagten, dass man in den großen schneckenförmigen Muscheln, die wir auf italienischen Souvenirmärkten gekauft hatten, nicht das Meer rauschen hört, sondern das eigene Blut im Innern des Kopfes, ist mir übel geworden.
Der Bademeister hat aufgehört mit der Beatmung. Paul beginnt, zu würgen und Wasser zu spucken, sein magerer Körper bäumt sich auf und schnappt nach Luft, wie die Kaulquappen, nachdem sie Frösche geworden sind und beginnen, Luft zu atmen. Als wir Kinder waren, fingen wir die Kaulquappen des nahen Moorsees in der hohlen Hand, glitschig kribbelten sie zwischen den Fingern. An sonnigen Nachmittagen trieben sie in riesigschwarzen Schwärmen über den algenbewachsenen Steinen im seichten Wasser, und man musste nur hineingreifen, um eine reiche Beute zu erwischen. Paul schaffte immer mehr als ich. Wir füllten sie in Gläser, nahmen sie mit nach Hause und schauten zu, wie sie

sich in Frösche verwandelten. Ein Wunder geschah in den Kompottgläsern unter unseren Betten.

Weißgekleidete Sanitäter drängen sich durch die Menge. Paul hat die Augen nun geöffnet, sein Brustkorb hebt und senkt sich. Die beiden Sanitäter heben ihn auf eine Trage. Durch das Rauschen des Blutes in meinen Ohren dringt die Frage zu mir, ob ihn jemand kenne, den jungen Mann, der soeben beinahe ertrunken sei. *Ich bin die Schwester.* Der Satz liegt unhörbar hinter dem Rauschen.

Die Leute zerstreuen sich langsam, gehen diskutierend zurück zu ihren Badetüchern, die wie farbige Flecken auf dem Grün des Rasens liegen. Kaum jemand geht zurück ins Wasser, als sei man plötzlich wasserscheu geworden. Ich denke, dass Paul gar keine Kleider haben wird, wenn sie ihn aus dem Krankenhaus entlassen; denke an die weißen Spitalnachthemden, die hinten offen sind. Meine Freundin kommt zurück mit zwei Schokoladen- und einem Erdbeereis und fragt, was los war.

Wir hatten die kleinen Frösche immer zum Seeufer zurückgebracht. Nur einmal, als wir nach Italien fuhren, ans *richtige Meer*, vergaßen wir in der Eile und der nervösen Aufregung die Gläser der letzten Kaulquappengeneration unter unseren Betten. Als wir zurückkamen, das Bild des richtigen Meeres noch vor Augen, schwammen die aufgedunsenen gräulichen Froschleichen an der Wasseroberfläche.

Ein paar Leute sind stehengeblieben und diskutieren mit einem Bademeister. Man hätte auch nicht gedacht, dass der nicht schwimmen kann, sagt der Bademeister und grinst. Ich blicke an ihnen vorbei zum Schwimmbecken, das kupfersulfatblau leuchtet im Licht der Nachmittagssonne. Ich hätte nicht gedacht, dass man Schwimmen verlernen kann.

Der Bruder

Er rief mich an, weil ich die letzte war. Die letzte Telefonnummer, am vierzehnten April, Samstag, um drei Uhr sechsundfünfzig frühmorgens, auf der detaillierten Rechnung, die die Telefongesellschaft dem Bruder meines lustigen Freundes geschickt hatte. Sechsundachtzig Franken und zwanzig Rappen verlangten sie für den letzten Mobiltelefonmonat meines lustigen Freundes. Rechnungen müssen bezahlt werden, selbst wenn die Welt aus den Fugen gerät, für einen kurzen Lidschlag nur, im Vergleich zu den Jahrmillionen regelmäßiger Drehung um den großen Stern. Und niemand weiß von der längeren Dauer des Nachbebens, niemand bemerkt die daraus resultierende leichte Verschiebung des Planetensystems. Der Bruder meines lustigen Freundes sprach mir auf die Mailbox, sagte, dass meine Nummer die letzte sei auf der Rechnung, um drei Uhr sechsundfünfzig, zwei Stunden vor Eintreten des Todes um sechs Uhr früh.
Ich kannte den Bruder meines lustigen Freundes nicht gut, ich hatte ihn zuvor nur auf der Beerdigung gesehen und als er die Sachen in unserer Wohnung abholte, gemeinsam mit all den weinenden und wehklagenden Frauen, die ein Kopfkissen, ein Buch, einen Pullover umklammerten und mit Tränen und Küssen übersäten. Zwischen dem Gewusel von Schwestern, Müttern und Großmüttern stand still die Freundin meines lustigen Freundes. Sie betrachtete mich misstrauisch, als könnte

sie mir etwas ansehen. Das Weiß in ihren trockenen Augen leuchtete wie die Wut. Ich sagte nur, dass sie alles mitnehmen könnten, und schloss dann vorsichtig die Tür hinter ihnen.
Der Bruder sprach sehr lange, bis ein Piepston ihn unterbrach und die Computerfrauenstimme sagte, ich hätte keine weiteren Nachrichten.

Ich bin ein fröhlicher Mensch, sagte mein lustiger Freund. Wir gingen den Kiesweg entlang der Gleise; leichter Regen fiel auf die Kapuzen unserer Regenjacken. Eigentlich bin ich ein fröhlicher Mensch, sagte mein lustiger Freund, ich mag das leichte Leben. Du bist immer traurig, sagte er zu mir, nicht sehr, aber immer ein wenig, ich hingegen bin ein lustiger Mensch.
Der Hund ging vor uns her, hellbeige und struppig; alle hundert Meter blieb er stehen, schüttelte die Regentropfen aus dem Fell und drehte sich um, er konnte schlecht sehen im Dunkeln, vielleicht nahm er nur unsere Witterung auf. Der Hund wurde langsam alt. Verblassende Graffiti zogen sich über die Mauer, hinter den Gleisen lag ein Hochhaus, ein Bau aus mehreren schachtelartig zusammengefügten Klötzen, mit hellen und dunklen Fenstervierecken, kein Wolkenkratzer, dieses Haus berührte keine noch so tief liegende Wolke.
Auch wenn wir uns viel erzählten, wusste ich wenig über ihn, dachte ich. Er hatte eine Ehefrau, die er wegen der Aufenthaltsgenehmigung geheiratet hatte, eine Freundin und andere Frauengeschichten, er hatte Philosophie studiert, in Istanbul, und zitierte oft Nietzsche, warum eigentlich Nietzsche, er arbeitete in einer Firma, die

Mikrochips herstellt, neben der Technischen Universität, wo er, tagelang durchs Mikroskop blickend, winzige Drähtchen zusammenlötete, zwischen unzähligen anderen, in weiße Astronautenanzüge gehüllten Angestellten; sie könnten schon bald das menschliche Gehirn nachbauen, wenn es so weitergehe, sagte er. Alle zwei Wochen traf er sich in einem Lokal mit einigen Landsleuten, politisch war er nicht aktiv, wie er sagte. Eigentlich wusste ich nichts über ihn, wusste nicht, was er in all der Zeit machte, in der ich ihn nicht sah, ihn vergaß.
Wir kamen zu dem Haus, in dem sie wohnte, die ehemalige Geliebte, die er nicht vergessen konnte. Immer und immer wieder kamen wir unter ihrem Balkon vorbei, jedes Mal, wenn wir mit dem Hund spazieren gingen. Diesmal brannte in einem der beiden Fenster Licht.

Nach seinem Anruf verging über ein halbes Jahr, bis wir uns trafen, der Bruder meines lustigen Freundes und ich, man hatte sich wieder in das normale Leben eingeklinkt, die Zahnräder drehten sich ohne zu stocken weiter. Man vergaß es immer wieder, um immer wieder erneut ungläubig zu erschrecken, wenn es einem wieder einfiel, man wusste, dass es sich nicht ändern würde, man dachte nicht mehr nur daran. Wir verabredeten uns in der Bar, in der ich arbeitete, deshalb war ich froh, dass er, als ich eintraf, gleich wieder gehen wollte. Er schien etwas länger gewartet zu haben, auf der Theke stand ein Glas mit einem Rest Rotwein.
Wir könnten auch in sein Atelier gehen, sagte er, nicht weit von hier, er habe da auch Wein und es sei ruhiger

als hier. Wir gingen nebeneinander durch die abendlichen Straßen des sogenannten Rotlichtviertels, man musste aufpassen, dass sie nicht in einen hineinrannten, die blind durch die Straße laufenden Junkies und Dealer. Sugar, Cola, Methi, auf dem Asphalt zerbrochene Bierflaschen. Die Huren saßen mit groß gemalten Mündern hinter den Glasscheiben im schummrigroten Licht, ihre Brüste quollen aus den engen Tops. Die Freier blickten einem nicht in die Augen.

An einem Kebabstand kaufte ich Zigaretten. Ich gab einer alten Bettlerin mit kurzgeschorenem Haar und irren Augen etwas Kleingeld, worauf sie uns Schutz und Segen der heiligen Jungfrau versprach und dass wir in den Himmel kommen würden. Tja, sagte der Bruder meines lustigen Freundes, in den Himmel also. Er ging neben mir her, ich war sehr schweigsam, derart verwirrte mich sein Gesicht, das das Gesicht meines lustigen Freundes war, die krausen Haare, die, zwar grau durchzogen, die Haare meines lustigen Freundes waren, die lachfältchenumrandeten Augen, die immer leicht nach unten geneigten Mundwinkel und die übermäßige Betonung des *Sch*, wenn er sprach.

Ich überlegte, was ich ihm sagen sollte, was ich wusste, aber was wusste ich schon. Glücklicherweise sprach er viel, von seinen zwei kleinen Töchtern, von seinen Schwestern, von seiner Mutter und immer wieder von ihm.

Ich könnte die Geschichte von dem Fahrrad erzählen, das er mir geschenkt hatte, mein lustiger Freund, das Fahrrad, das er mir ausgeliehen hatte, drei Tage vor seinem Tod. Ich hatte ihm den Schlüssel zurückgeben wol-

len, doch er meinte, er brauche das Fahrrad nicht mehr. Vielleicht hatte er auch gesagt, ich könne den Schlüssel vorläufig behalten und das Fahrrad benutzen, vielleicht hatte er gesagt, gib mir den Schlüssel ein andermal. Wenn man sich nur erinnern könnte, was jemand gesagt hatte, an den Wortlaut, die Intonation vielleicht. Wenn es etwas festzuhalten gäbe, eine Silbe, ein Wort, eine Bedeutung.
Das Fahrrad stand danach im Keller, irgendwann erinnerte ich mich daran, ohne es je vergessen zu haben, und ich fuhr einkaufen. Mit zwei Tragtaschen behangen, kämpfte ich mit der Gangschaltung, ich hatte nie solch ein gutes Fahrrad besessen. Als ich über die Eisenbahnbrücke fuhr, riss ein Mann mich vom Sattel. Ich fiel auf die Knie, die eine Papiertasche zerriss und ein paar Äpfel rollten auf die Straße. Es war der Besitzer des Rades, das ihm, einem jungen, sehr wütenden Mann, vor fünf Jahren gestohlen worden sei. Ich überließ ihm das Fahrrad kampflos, ich lag längst müde am Rand des Schlachtfeldes.

Es war eisig im Atelier, an den schlecht verglasten Fenstern Spuren von Eisblumen, und die Flasche Wein, Rioja, sei auch viel zu kalt, entschuldigte sich der Bruder meines lustigen Freundes. Er besaß ein einziges Glas, das er randvoll füllte, er selbst trank aus der Flasche und fragte mich erst nach einem großen Schluck, den Mund mit dem Ärmel abwischend, ob mich dies stören würde. Ich verneinte. Der Gasofen funktioniert nicht, sagte er, ich werde einen Elektroofen auftreiben müssen. Ich sagte, das wird teuer, und drehte an den rostigen Hebeln, wo-

rauf nichts geschah, und ich nervös schnupperte, ob auch kein Gas austrat.
Der Bruder malte mehrere Quadratmeter große Leinwände voller winziger Dächer, ganze Bezirke, die ganze Stadt aus der Vogelperspektive. Er zeigte mir das Münster und den Fluss, die Universität, die Stelle, wo wir jetzt waren, ich hätte die Stadt nicht erkannt, Städte sind für mich verwechselbar und austauschbar, aber der Bruder meines lustigen Freundes nahm es sehr genau. Jedes Haus, jede Kirche, jede Straßenkreuzung lag an der richtigen Stelle, millimetergenau ausgemessen. Ich fragte nicht, weshalb er dies tat.

Wir könnten auf den Friedhof gehen, sagte der Bruder meines lustigen Freundes. Obwohl er viel zu oft auf dem Friedhof gewesen sei, und es würde auch nichts helfen.
Ich war auch auf dem Friedhof gewesen, einmal, doch ich hatte das Grab nicht mehr gefunden. Ich ging zum Friedhof, mit dem Hund, es war erst siebzehn Uhr und wurde schon dunkel, der Himmel violettgrau. Der Friedhof war riesig, und der Tag der Beerdigung war ein heller Frühlingstag gewesen, so hell, dass das Licht die Augen blendete. Im Friedhofsteil E, wo das Grab sein sollte, gab es keine neuen Gräber, 1921–1982, 1895–1985, 1933–1989, Ruhe in Frieden, der Herr ist mein Hirte, mir wird nichts mangeln. Dann fand ich den Hund nicht mehr, der zwischen verwitterten Grabsteinen und immergrünen Thujahecken verschwunden war. Ich lief die Gräberreihen ab, leise rufend, Hunde sind auf dem Friedhofsgelände verboten oder an der Leine zu führen.

Als ich den Hund endlich fand, knurrte er mich an. Er hatte etwas ausgegraben, ich zerrte ihn auf den Gehweg und öffnete den blockierten Kiefer. Zwischen den Zähnen fand ich Fetzen Aluminiumfolie mit etwas eklig Halbverfaultem darin. Ich nahm den Hund an die Leine und verließ schnell den Friedhof.

Am helllichten Tag der Beerdigung, alle waren gekommen, rannte ich nicht weg. Wir standen am offenen Grab, die Familie näher, die Freunde und Bekannten etwas abseits, allein oder in Gruppen. In der grellen Sonne wirkten wir müde und etwas schäbig, die schwarzen Kleider, die dunklen Ringe unter den Augen. Nachdem der Sarg in der Erde verschwunden war, hob die Mutter zu einem hohen Singsang an, zu einem geschluchzten Klagelied aus dem Namen meines lustigen Freundes, und die anderen Frauen weinten mit, und wir lauschten still dem Echo von der Friedhofsmauer. Wir hatten keine Klagemauer, kein Lied.
Beim folgenden Essen kramte man Erinnerungen hervor, die rührendsten, die traurigsten, die lustigsten, die vielsagendsten Erinnerungen; eine Erinnerung jagte die nächste, und jeder war ihm plötzlich nah und näher, meinem lustigen Freund. Ich war schweigsam. Im gemeinsamen Erinnern versagte meine Erinnerung, die Geschichten, die erzählt wurden, waren nicht die meinen. Sie, unter deren Fenster wir immer vorbeigegangen waren, wenn wir mit dem Hund spazieren gingen, saß etwas abseits, und ich hätte gerne mit ihr gesprochen. Nicht über die Ungeheuerlichkeit, die er mit seinem Tod und den an sie gewandten Worten begangen hatte. Ich

hätte einfach mit ihr sprechen wollen, über irgendwas, der Worte wegen. Ich habe es bis heute nicht getan.

Wir fuhren mit dem Auto auf den Hügel, auf dem die Technische Universität liegt, hoch über der Stadt, der glasstahlglänzende Tempel der Wissenschaften, im Naherholungsgebiet zwischen grünen Wiesen mit einzelnen Bäumen und Kühen darauf. In einem Nebengebäude hatte mein lustiger Freund gearbeitet, im dritten Seitenflügel, Stockwerk C, Halle C7H5G, in einem Astronautenanzug im licht- und luftleeren Raum. Etwas unterhalb gab es ein Restaurant und einen dazugehörigen Parkplatz, der schönste Aussichtspunkt der Stadt, wie der Bruder meines lustigen Freundes sagte.
Er habe seinen Computer an sich genommen, sagte der Bruder meines lustigen Freundes, er mache seit einem halben Jahr nichts anderes, als den Inhalt dieses Computers zu analysieren, wobei ihm das Erraten des Passwortes die geringste Mühe bereitet hatte, viel schwieriger sei es, das Wichtige vom Unwichtigen zu trennen, wobei scheinbar Bedeutungsloses plötzlich an Bedeutung gewinne, um dann doch wieder als unwichtig verworfen zu werden. Er habe nach dem Theaterstück gesucht, das sein Bruder vor Jahren, noch in seiner Studienzeit, geschrieben hätte, in welchem zwei politische Gefangene in ihrer Zelle ihren gemeinsamen Selbstmord planen. Auf die Frage des einen, wie sie es denn tun sollten, ob sie versuchen sollten, Tabletten aufzutreiben, einen scharfen Gegenstand, sagt der andere: Ich dachte immer, wir erhängen uns. Es war mir immer schon klar, dass wir uns erhängen werden. Er habe das Theaterstück

aber nicht gefunden, sagte der Bruder, auch keine Briefe oder Notizen, keine wichtigen jedenfalls. Es sei jedoch beinahe unmöglich, das Wichtige vom Unwichtigen zu trennen, das Bedeutungsvolle vom Bedeutungslosen. Man sucht nach der Wahrheit und stößt auf Nichtiges, auf Videospiele, einschlägige Internetseiten. Und man weiß nicht, ob dies die Müllberge am Rand des beschwerlichen Weges zur Wahrheit sind oder die Wahrheit selbst, wenn es denn eine gibt.

Ich überlegte, was ich ihm erzählen könnte, dem Bruder. Manchmal schauten wir zusammen fern, mein lustiger Freund und ich, in seinem Zimmer. Wir schauten merkwürdige Sportarten wie Biathlon oder Sumoringen oder dieses Spiel, in welchem die Menschen um einen Granitstein herum mit einer Art Besen auf dem Eis herumwischen und auf diese Weise die Bewegung des Steines beeinflussen. Er sagte: Komm rein, und ich setzte mich auf das Sofa, nachdem ich die Zeitungen, die Bücher und all den Ramsch, der darauf lag, beiseite geschoben hatte, und er setzte sich neben mich. Die Sumoringer krallten sich wie übergewichtige Riesenkinder ineinander fest, die Biathlonläuferinnen hetzten auf Skiern durch den Wald, um schließlich auf eine kreisrunde Zielscheibe zu schießen. Er kommentierte das Gesehene, und ich fragte nach den Spielregeln, die mich nicht im Geringsten interessierten. Ich kam nie auf die Idee, bei ihm zu bleiben, nur einmal tat ich so, als wäre ich eingeschlafen, ließ meinen Kopf auf die Seite fallen, nicht auf seine Seite, sondern auf die andere, auf die Lehne des Sofas. Nach einiger Zeit stand er auf, machte den Fernseher aus, legte eine Decke über mich, ging sich die Zähne putzen und legte sich schlafen. Ich wartete, bis sein Atem langsamer und regelmäßiger wurde, und ging dann auch schlafen.

Ich lehnte an der Brüstung und blickte auf die Stadt, hinter der sich grauviolette Bergsilhouetten mit einzelnen Lichtpunktansammlungen erhoben. Die Stadt erschien von hier aus gesehen wie eine Großstadt, obwohl das Lichtermeer überschaubar war. Wir haben uns alle in den großen Städten versucht und sind wieder zurückgekommen, sagte mein lustiger Freund, weil wir uns hier nicht aus den Augen verlieren können. Der Bruder meines lustigen Freundes war im Auto geblieben, mit der Weinflasche. Ich fragte mich einmal mehr und wieder, was ich ihm sagen sollte, was wusste ich schon. Was weiß man schon über jemanden.
Erst wenn jemand im Treppenhaus hängt, schon ein wenig gelb im Gesicht, aber ruhig, als wäre er schwebend eingeschlafen, wie sie sagten, aber das konnte ja kaum sein, bestimmt war das Gesicht grausam entstellt, wenn jemand da hängt, wie schlafend, oder mit weit aufgerissenen Augen, erst dann zerbricht man sich den Kopf und sucht nach den fehlenden Teilen des nicht zusammenpassenden Puzzles.
Den Haken auf dem halben Stockwerk im Treppenhaus, an welchem er das Seil befestigt hatte, weshalb überhaupt dieser Haken?, den Haken also haben sie nachher entfernt, als gäbe es so keine Erinnerungen oder Nachahmer, sondern nur noch ein Loch und leicht abbröckelnder Verputz an der Decke. Es müsste einen

Gott geben, einen guten. Ehrliche Menschen hängen sich auf. Sagte Brecht. Oder vielleicht sagte dies auch nur mein versoffener Nachbar.

Wir gingen mit dem Hund spazieren, mein lustiger Freund und ich, manchmal gingen wir auch auf eine Party oder zu einer Demo, aber meist gingen wir mit dem Hund spazieren. Ich bin ein fröhlicher Mensch, sagte er, ich bin dein lustiger Freund, wenn du mich einmal vergessen hast oder nicht mehr kennst, weil du andere Freunde hast, all diese ernsten, tiefsinnigen Freunde, mit ihren Büchern und ihren Brillen und den dunklen Ringen unter den Augen, dann kannst du zurückdenken, du wirst lachen und sagen, damals, ja damals hatte ich diesen lustigen Freund. Dann sagte er: Lass uns nach Istanbul gehen, du wirst Fotomodell, und wir werden reich; du würdest bestimmt ein berühmtes Fotomodell werden, so groß wie du bist und so weiß. Ich lachte und sagte, dass ich kein Fotomodell werden wolle, auch nicht in Istanbul. Einmal sagte er, er würde seinen Vater, wenn er ihm begegnen würde, ermorden.

Ich stieg wieder ins Auto, und wir saßen da, mit geschlossenen Türen, reichten uns stumm die Weinflasche, durch die Windschutzscheibe sah man die rot blinkenden Lichter des Turms auf dem dunkelbewaldeten Hügel, darunter die Stadt. Wie Autokino in einer amerikanischen Vorstadt, ein schlechter Film auf Großleinwand, einzelne Autos davor, darin küssende Halbwüchsige, die Popcorntüte in der einen, die andere Hand im Unergründlichen.

Er war der Jüngste, sagte der Bruder meines lustigen Freundes, er war immer mein kleiner Bruder gewesen. Unter allen Brüdern dieser eine, wollte ich sagen, aber das war eine andere Geschichte. Als er in dieses Land kam, war er noch sehr jung, sagte der Bruder, und in der Türkei – ich wartete, doch er sprach nicht weiter. Dass wir darüber gesprochen hatten, sagte ich nicht. Was bedeutet es schon, dass wir darüber sprachen. Man spricht über so vieles und denkt doch nie, dass einer es tun würde.
Ich sprach auch nicht über das Telefongespräch am vierzehnten April um drei Uhr sechsundfünfzig. Man denkt immer, man könne das Wichtige vom Unwichtigen unterscheiden, und plötzlich kriegt das Nichtige immense Wichtigkeit. Ich war krank und nicht zu Hause, sondern lag fiebrig im Bett des Menschen, bei dem ich kaum geblieben wäre, wäre ich damals nicht sehr krank geworden. Mein Handy klingelte, ich nahm ab, im Halbschlaf noch, er fragte irgendwas, ob ich mit zu einer Party käme oder in das besetzte Haus, ich sagte: Nein, ich bin krank. Ich sagte noch etwas und er sagte noch etwas, und nachdem ich aufgehängt hatte, dachte ich, ich hätte etwas Wichtiges vergessen. Ich wollte ihn noch fragen, ob er mit dem Hund gehen könne, morgen früh, weil ich nicht wusste, wann ich wieder aufstehen würde, er solle doch bitte den Hund nicht vergessen. So dachte ich das Gespräch weiter, wie man es eben tut, bei nicht zu Ende gebrachten Gesprächen, und später ist man sich nicht mehr sicher, was man tatsächlich gesagt hatte und was man nur weiterdachte, für sich allein.

Als er mich küssen wollte, der Bruder meines lustigen Freundes, sagte ich, dass ich nach Hause wolle. Das Gesicht meines lustigen Freundes, das das Gesicht des Bruders war, war nah an meinem, sein Atem, der Weingeruch. Ich will nach Hause, sagte ich. Zu schnell fuhren wir die steile, gewundene Straße zurück in die Stadt. Er streifte ein stehendes Auto, der Seitenspiegel brach ab. Es ist egal, sagte der Bruder meines lustigen Freundes, überhaupt alles. Wir fuhren über die Eisenbahnbrücke, unter uns die sich verzweigenden Gleise wie Spuren in die Ferne.

Angekommen, öffnete ich hastig die Tür und setzte mich an den Tisch in der dunklen Küche. Es gibt eine Stille innen, die mit keinem Frequenzzähler messbar ist. Lange saß ich da und dachte an nichts. Dann ging ich schlafen.

Nach Italien

Bei der Beerdigung von Tante Esther traf ich den Onkel Georg wieder. Dass ich zuvor aufgehört hatte, Onkel Georg zu besuchen, schien mir unverzeihlich, und nur mit einem durch Wörter wie Gütertrennung, Krippenplatzzuteilung oder Aufmerksamkeitsdefizit geprägten Alltag zu erklären, der mich in eine an Amnesie grenzende Vergesslichkeit gegenüber allem, was mir vorher wichtig gewesen war, versetzt hatte. Nach der Beerdigung von Tante Esther nahm ich die wöchentlichen Besuche bei Onkel Georg wieder auf. Tante Esther war die älteste der Schwestern meiner Mutter gewesen, ich kannte sie nur von den üblichen, anlässlich von Hochzeiten, Taufen oder Beerdigungen stattfindenden Familienzusammenkünften. Gerade waren die Beerdigungen in der Überzahl. Daniel war zur Beerdigung gekommen, nicht meinetwegen, und auch nicht wegen der Tante Esther, deren Tod ihn noch weniger berühren musste als mich, sondern allein wegen der Kinder, wie er sagte. Die Kinder waren außer sich vor Freude, Paul schlug mehrmals mit den Füßen an die Gebetbank, und Benjamin hüpfte strahlend auf Daniels Knien auf und ab.

Onkel Georg war zu spät gekommen und saß ganz hinten, ich bemerkte seine Anwesenheit erst beim Singen des Kirchenliedes. Nachdem der Pfarrer bereits Ewigkeiten über das den eigenen und fremden Kindern geopferte Leben Tante Esthers, einer Sonderschullehrerin, über ihre Verdienste in der kirchlichen Gemeinde gesprochen hatte und über ihr Andenken in Ewigkeit, Amen, hörte ich Onkel Georgs Bassstimme aus dem Hintergrund des Kirchenschiffes, und plötzlich vergaß ich meine eigene düstere Weltvorstellung und glaubte mich wieder klein und gläubig. Selbstvergessen lauschte ich den Christenworten um Schuld und Vergebung. Wie hatte ich Onkel Georgs Bassstimme, tiefer als das nächtliche Donnergrollen eines fernen Gewitters, vergessen können, das Gefühl, als hätten alle Worte einen Sinn: Oh, dass mein Sinn ein Abgrund wär, und meine Seel' ein weites Meer, dass ich dich möchte fassen. Draußen vor der Kirche, unter einem vor Kälte strahlend blauen Himmel, sagte der Onkel Georg: Sehen wir uns nächsten Mittwoch? Ja, sagte ich. Als wäre dies vollkommen klar, als wäre immer schon klar gewesen, dass ich nächsten und überhaupt jeden Mittwoch zu Onkel Georg gehen würde.

Seitdem ich mich erinnern kann, war der Mittwoch Onkel Georgs Tag gewesen. Unsere Mutter setzte uns in den Trolleybus, mit dem wir dann bis zur Endstation namens Holzerhurd fuhren, wo Onkel Georg auf uns wartete. Jeden Mittwoch stand Onkel Georg am selben Ort bei dem dürren Bäumchen an der Bushaltestelle, das im Vergleich zum riesigen Onkel Georg geradezu winzig erschien, und ruderte mit seinen langen Armen, sobald er uns oder auch nur den Bus erblickte. Der Onkel Georg war sehr groß. Wie er erzählte, habe seine Körpergröße immer oberhalb all der Linien auf den Tabellen gelegen, mit denen man beim Schularzt die unge-

fähr zu erwartende Größe am Ende des Wachstums bestimmen konnte, trotzdem hatte niemand geglaubt, dass er schließlich tatsächlich zwei Meter und neun Zentimeter messen würde. Der Onkel Georg stand also an der Bushaltestelle, ruderte mit den Armen, und wir rannten auf ihn zu. Er bückte sich, indem er seinen Oberkörper einknickte wie eine gefällte Tanne und je einen der langen Arme um mich und meinen Bruder legte.
Es gab schon in meiner Jugend eine Zeit, in der ich meine Mittwochsbesuche bei Onkel Georg eingestellt hatte; in der seltsamen Zeit zwischen Kindheit und Erwachsensein, in der ich mich für den langen, unbeholfenen Georg schämte, was ich mir aber nicht eingestand, sondern sagte, es sei wegen des Jazztanzes, der jeweils mittwochnachmittags stattfand. Ich zwängte also meinen unförmig hölzernen Teenagerkörper in violette Leggins und ahmte die Bewegungen der anderen Mädchen nach, sei es, um den unangenehm gewordenen Besuchen bei Onkel Georg zu entgehen, oder auch nur, um einmal im Leben dazuzugehören. Bald merkte ich aber, dass es einfacher war, Jazztanz wie auch die anderen Mädchen blöd zu finden, und ich ging nicht mehr hin. Stattdessen lief ich durch die Stadt, durch Straßen und Einkaufszentren und durch den Park, über den eine farbige Brücke führte, in welchem es Ziegen und einen sprechenden Beo gab, bis ich schließlich, wie zufällig, wieder bei Onkel Georg landete.

So fuhr ich auch am darauffolgenden Mittwoch mit dem Bus in die Holzerhurd. Ich hätte beinahe erwartet, der Onkel Georg würde an der Bushaltestelle stehen,

lang und dürr, mit der roten Schirmmütze über den weißen Haaren und den riesigen farbigen Turnschuhen mit den Klettverschlüssen. Aber Onkel Georg konnte ja gar nicht wissen, wann ich komme, wenn er überhaupt daran glaubte, dass ich kommen würde. An der Endstation stand also kein Onkel Georg, selbst das dürre Bäumchen stand nicht mehr da, von ihm war nur ein knallig rosa bemalter Stumpf geblieben, dessen Anstrich Fahrradfahrer und andere unaufmerksame Menschen warnen sollte. Komisch, dachte ich, dass der Stumpf nicht längst ausgehoben und die Erdfläche um ihn herum nicht wieder asphaltiert wurde, und ich dachte: Komisch ist, dass ich mir über solche Dinge überhaupt Gedanken mache.
Durch den Nieselregen lief ich zum dreiundzwanzig Stockwerke hohen Wohnblock, in dem Onkel Georg wohnte, seit ich denken kann. Um das dunkelgraue Hochhausungetüm, das früher einsam in den Himmel ragte, waren nun rosa und gelbe, halb so hohe Klötze gebaut worden. Aber im Innern des Hauses war noch alles wie früher; sogar die Mitteilungen des Hauswarts, mit einer gleichförmigen, tintenblauen Schulschrift dicht beschriebene, vergilbte Blätter, und die Aufkleber der Zeugen Jehovas und des Schützenvereins hingen noch an der Glastüre. Im Fahrstuhl roch es nach Wachs und nassen Kleidern. Ruckartig setzte die Kabine zu ihrer Höhenfahrt an. Mein Bruder und ich verbrachten früher ganze Tage in diesem Fahrstuhl. Wir fuhren ganz hinauf und in den Keller, wo wir nur kurz und mit geschlossener Lifttür anhielten, da uns dieser Keller nie ganz geheuer war. Wir drückten mehrere Knöpfe gleich-

zeitig, um zu testen, ob der Drang zur Tiefe oder zur Höhe stärker war. Wir jagten einander; mein Bruder fuhr im Lift, und ich lief die Treppe hinauf und hinunter, und anhand der roten Lichter musste ich erraten, wo er sich gerade befand, dieses für mich sehr ermüdende Spiel spielten wir nie mit umgekehrten Rollen, das heißt, ich war immer diejenige, die rennen musste. Im Geiste schossen wir in der Liftkapsel über die dreiundzwanzigste Etage hinaus ins Leere, und wir drückten den Alarmknopf, worauf nichts geschah. In dem Hochhaus gab es kein dreizehntes Stockwerk. Aus abergläubischen Gründen war es weggelassen worden. Um dieses fehlende Stockwerk rankten sich unsere kühnsten und unheimlichsten Vorstellungen eines sich zwischen der zwölften und vierzehnten Etage befindenden Zwischenraums, den der Lift zwar nicht bediente, von dessen dunkler, zwischen den Böden liegender Existenz wir jedoch überzeugt waren. Da die Fahrt von der zwölften zur vierzehnten Etage nur Sekunden dauerte, musste dieses dreizehnte Stockwerk viel niedriger und wahrscheinlich von kleiner gewachsenen Menschenwesen bewohnt sein. Nur einmal kamen unnötigerweise Feuerwehrleute, um uns zu evakuieren, und nur ein einziges Mal blieb der Fahrstuhl tatsächlich stehen, und wir wurden für mehrere Stunden nicht herausgeholt, obwohl wir den Alarmknopf mehrmals und immer wieder gedrückt hatten und uns in Überlebensstrategien, wie Witze erzählen oder bis hundert Millionen zählen, und nur halb so viel Luft einatmen, übten. Mein Bruder rechnete nämlich aus, dass der Sauerstoff nur für zweieinhalb Stunden eingesperrtes Leben reichen würde.

Nach zwei Stunden, als wir längst keine Witze mehr wussten und bei Elftausendzweihundertneunundzwanzig angelangt waren, kam ein Fahrstuhlmechaniker und holte uns raus.

Onkel Georg öffnete mir die Tür, an der ein eingetrockneter Adventskranz hing. Onkel Georg streckte mir seine lange, etwas zittrige Hand entgegen, wir hatten uns auch früher nie umarmt. Grüß dich, sagte er.
Onkel Georgs Wohnzimmer war gleichzeitig Schlafzimmer; ein großer Holztisch mit gekachelter Oberfläche stand am Fenster, an der gegenüberliegenden Wand ein Sofa, mit einer gehäkelten Tagesdecke bedeckt, das man zu einem Bett ausziehen konnte, der Rest des Raums wurde ausgefüllt von einer sogenannten Wohnwand aus mit braunem Holzmaserimitat beklebtem Sperrholz. Diese bot Platz für einen alten Fernseher, Holzelefanten und Nippes, aber auch für ein großes Fernrohr, ein altes Telefongerät und unzählige Bücher, vor allem Bildbände, die man früher mit den auf Lebensmittelverpackungen befindlichen *Silva-Punkten* kaufen konnte und deren Bilder von Schneeleoparden, Urvölkern in Afrika und Himalayaexpeditionen von Onkel Georg säuberlich auf die dafür vorgesehenen Seiten eingeklebt worden waren. Die Buchtitel kannte ich auswendig: *Die Eroberung der Meere*, *Wunder der Erde*, Band drei: *Das Weltall*, *Das Automobil von seinen Ursprüngen bis zur Gegenwart*, *Indianer des Amazonas*, *Eisenbahnen der Welt*, und: *Die Schweiz im Spiegel der Landesausstellung 1939*. Über dem Sofa hing ein Bild, kaum größer als ein Blatt Papier und voller win-

ziger Kreaturen, Menschen, Tiere oder tierhafter Menschen, die absurde Sachen machten. Ein Mann schlug seinen Kopf an die Mauer, ein anderer umarmte einen Baum, ein dritter grub sich ein Grab. Wir fragten Onkel Georg, weshalb die Menschen auf dem Bild so böse seien, eine Woche später war das Bild verschwunden, Onkel Georg hatte es in einer Schublade versteckt. Nun hing das Bild wieder da, neben dem eingerahmten Werbeplakat eines Reisebüros, mit dem Foto einer mir unbekannten Gegend in Süditalien und dem schnörkeligen Schriftzug: *Das Land, in dem die Zitronen blühen.*

Der Onkel Georg war leicht behindert. Er war zu spät zur Welt gekommen, erzählte man, ganze zwei Wochen, und durch die mangelnde Sauerstoffzufuhr in der Gebärmutter war ein Teil seines Hirns nicht genügend durchblutet worden. Er hatte für Außenstehende kaum wahrnehmbare motorische Defekte, beispielsweise konnten seine Hände keine präzisen Bewegungen ausführen. Er konnte keine Schnürsenkel zubinden und trug deshalb riesige farbige Turnschuhe mit Klettverschlüssen. Die Merkwürdigkeiten, die durch seine Behinderung verursacht waren, wurden jedoch übertroffen durch die Eigenheiten, die er sich selbst zugelegt hatte, bewusst oder unbewusst. Um seine Person rankten sich Geschichten, die er selbst in den verschiedensten Versionen erfand, erzählte und je nach Adressat ausschmückte. Im Mutterbauch war es weich und warm, erzählte Onkel Georg, also weshalb sollte ich früher geboren werden? Und er erzählte von Jonas, der zu faul war, um nach Ninive zu laufen, zu faul sogar, um vom Wal ausgespuckt zu werden. Was soll ich auf dieser Welt, so dachte Jonas, wenn es so viel schöner ist im Walfischbauch. Also aß er, aß alles, was der Wal nicht verdaut hatte, und er wurde dicker und dicker und wollte nicht mehr heraus. Doch der Wal spuckte Jonas hinaus in die Welt, wo es kalt war und hell. Und Jonas machte sich auf, nach Ninive und weiter, und nur manchmal sehnte er sich zurück nach der Wärme im Innern des Wals.

Ja ja, die Esther, meinte Onkel Georg, als wir über die verstorbene Tante sprachen. Seit sie ein *Schlägli* gehabt habe, einen Schlaganfall, habe sie immer behauptet, die anderen Menschen seien verrückt. Der Onkel Georg besuchte sie alle zwei Wochen im Pflegeheim, wo sie wohnte, in diesem Sterbehospiz, so sagte er, und fast immer fuhr er sie im Rollstuhl auf dem Hundespazierweg den Fluss entlang zum Restaurant im Sportzentrum, wo sie, wie sie sagte, am liebsten aß. Dabei konnte sie nur noch weiche, breiige Sachen essen, Kartoffelpüree oder so, wegen des Gebisses. Trotzdem dachte ich, sie würde noch ewig leben oder bestimmt länger als ich, so Onkel Georg, oder als deine Mutter, die immer von schwacher Gesundheit gewesen war. Wir aßen einen Apfelkuchen, den der Onkel Georg frisch von der *Gourmessa* gekauft hatte, wie er sagte. Ich mag diese Apfelkuchen lieber als die selbstgebackenen, sie haben diese glibberige, durchsichtige Schicht obenauf, sagte Onkel Georg. Er fragte nicht viel, nur nach den Kindern, deren Namen er verwechselte. Nein, Paul ist der Größere, korrigierte ich ihn, Benjamin ist der Kleine, aber du hast sie ja so gut wie nie gesehen. Benjamin, der Jüngste, verkauft nach Ägypten, sagte der Onkel Georg. Nach Daniel fragte er nicht.

Mein Bruder und ich hatten früher ein Spiel erfunden, das hieß: *Der Schorsch und der Andere*. Wir spielten das Spiel nie in Onkel Georgs Gegenwart. Das Spiel ging so, dass wir mit schlenkernden Armen durch die Gegend liefen und immer, wenn wir uns begegneten, musste ich den Kopf schief legen und fragen: Wer bist du? Mein Bruder antwortete dann: *Ich bin der Schorsch*. Oder aber: *Ich bin der Andere*. Dann war das Spiel zu Ende und begann von neuem. Das Spiel war eigentlich sinnlos, und ich glaube, dass weder ich noch mein Bruder wussten, wer dieser Andere hätte sein sollen.

Nach diesem Tag besuchte ich den Onkel Georg wieder jeden Mittwoch. Die Kinder hatten zwar, wie wir früher, mittwochnachmittags frei, doch Kinder heutzutage fanden kaum mehr Zeit für einen Onkel Georg. Da Paul in der zweiten Klasse schon Wurzelrechnungen anstellte, besuchte er einen Förderkurs für Hochbegabte, und Benjamin musste zu einer Logopädin, da er lispelte wie der Willi aus der *Biene Maja*. Außerdem war Mittwoch Daniels Tag. Auf der Couch, die gleichzeitig Onkel Georgs Bett war, betrachteten wir die Fotos in den *Silva*-Büchern: endlose Eiswüsten in Alaska, Indianer mit tätowierten Körpern und leuchtfarbene Tiefseefische auf dem Grund des Meeres. Ich brachte Apfelkuchen mit, und Onkel Georg sagte, dass dieser sogar noch besser sei als selbstgemachter und dass es gut sei, dass ich meine Zeit nicht mit Kuchenbacken verbrächte.

An einem Mittwoch im März öffnete mir eine blondierte, korpulente Frau die Tür, an der noch immer der vertrocknete Adventskranz hing. Sie quetschte meine Hand und sagte: Keller, Physiotherapie. Der Onkel Georg lag ausgestreckt auf dem Sofa, mit den Füßen zu mir und nur mit einer Unterhose und einem ausgeleierten Unterhemd bekleidet. Seine Füße ragten weit über das Sofa hinaus, und mir wurde einmal mehr bewusst, wie groß er war. Die Physiotherapeutin stützte die Hände in die Hüften. Sie sind mir einer, sagte sie, und grinste anzüglich: Dass Sie mir nie erzählt habt, was für eine hübsche junge Bekannte Sie haben. Der Onkel Georg lächelte gequält. Ich bin die Nichte, erklärte ich. Ach natürlich, rief die Physiotherapeutin aus und schlug sich mit der flachen Hand auf die Stirn, die Nichte. Verlegen setzte ich mich auf einen Stuhl und begann, in einem Bildband über die Indianer des Amazonas zu blättern. Die Frau hob Onkel Georgs lange, nackte Beine abwechselnd an und knickte die Knie ein. Onkel Georg hielt die Augen geschlossen. Ich vertiefte mich in den Amazonas-Bildband, als würde ich mich für die Bilder für Fotografen lächelnder Menschen, deren Nasenflügel von dicken Elfenbeinzähnen durchstoßen waren, und im Sonnenlicht strahlender Steppen interessieren. Der Anblick des mageren, von Altersflecken übersäten Körpers Onkel Georgs, dessen lange Glieder die Frau hin- und herbewegte, rührte mich und war mir zugleich unangenehm. Ich schlug ein weiteres Buch auf, *Geheimnisvolle Tiefseewelten*: Die geheimnisvolle Welt der Meere ist heute noch genauso unerforscht wie das All, der Weltraum, auf den sich unser Entdeckerdrang richtet, las ich. Ich betrachtete die Bilder von Regenbogenfischen und grellroten Seesternen, bis ich die Stimme der Physiotherapeutin hörte: So, jetzt wird wieder aufgestanden. Sie wollen nun bestimmt mit Ihrem Besuch alleine sein, sagte sie und grinste wieder. Sie zog Onkel Georg die hautfarbenen Stützstrümpfe mit einer ruckartigen Bewegung bis über die Knie und half ihm in Hose und Pullover. Als sie ihm die Schuhe anziehen wollte, sagte er: Das kann ich selber, das ist ganz einfach. Nachdem die Physiotherapeutin gegangen war, sagte Onkel Georg: Die ist eben eine Dumme, weißt du, es hat keinen Sinn, sich aufzuregen.

Gestern sei er im Kino gewesen, erzählte der Onkel Georg. Er gehe gerne ins Kino, vor allem im Sommer, sagte er, schon wegen der angenehmen Kühle dort. An den Filmtitel könne er sich nicht mehr erinnern, etwas Englisches. Überhaupt sei alles englisch gewesen, und er habe nicht viel verstanden, da er nicht alles gleichzeitig tun könne, die Bilder anschauen, die fremde Sprache hören und die Buchstaben lesen. Es gab schöne Berge und Schluchten in dem Film, sagte er. Ein Bus war verunglückt, ein Schulbus, der von der Straße geriet und in die Tiefe stürzte, alle starben, außer der Busfahrerin und einem einzigen Kind, und alle waren traurig, vor allem das Kind, das übrig geblieben war. Ich habe diese Geschichte nicht ganz verstanden, gab Onkel Georg zu, aber das macht nichts. Ich gehe ohnehin nur ins Kino wegen der *Klimatisation* und wegen der anderen Leute. Die Leute im Kino sind ganz ruhig und konzentriert, manchmal weinen sie. Aber sie mögen es nicht, wenn

man ihnen beim Betrachten des Filmes zusieht, und wenn sie es bemerken, hören sie auf zu weinen und beginnen, mit irgendwelchen Tüten zu rascheln, oder gucken böse. Also schaue ich nur heimlich, sagte Onkel Georg, und zwischendurch sehe ich mir die Bilder auf der Leinwand an.
Ich würde gerne im Kino sterben, sagte der Onkel Georg noch. Das scheint mir doch ein angenehmer Tod zu sein. Und außerdem gibt es *zwei Türen*, aus denen sie mich nach Filmende hinaustragen können.

Es war nicht wegen Onkel Georg, weshalb ich mich in der folgenden Woche entschloss, mit den Kindern ins Kino zu gehen. *Schneewittchen* war einer der ersten Filme gewesen, die ich im Kino gesehen hatte; *Pinocchio*, *Schneewittchen*, *Aristocats* und *Dick und Doof*. Ich war wohl auch älter gewesen, als die Kinder es jetzt waren, doch der stark geschminkten jungen Frau an der Kasse war es egal, dass Benjamin zu klein war und vielleicht Angst haben könnte vor der bösen Stiefmutter, und ich erinnerte mich nicht mehr an meine frühere Angst. Im Foyer schmiss Benjamin die riesige Pappfigur von John Travolta um, die Frau rannte aus ihrem Kassenhäuschen und Paul zuckte zusammen. Ich ging schnell mit den Kindern in den Saal, obwohl der Film noch lange nicht beginnen würde. Der Saal war riesig, und außer zwei älteren Menschen mit einem kleinen blondgezopften Mädchen war niemand da. Paul strich mit den Fingern über die rotsamtenen Wände und sagte: Die sind ja weich wie eine Decke.
Langsam füllte sich der Saal. Benjamin betrachtete die

Leute mit offenem Mund. Selbst nachdem das Licht gedimmt worden war und der Vorhang sich öffnete, starrte er unverhohlen auf die drei Jungen vor uns, die Popcorn aßen. Was auf der Leinwand geschah, interessierte ihn kaum, während Paul gebannt auf die Werbebilder blickte. Als der Film begann, merkte ich, dass Benjamin nicht nur gegen die Werbung, sondern gegen alles, was auf der Leinwand passierte, ziemlich immun war. Er blickte zwar ab und zu nach vorne, doch nicht mit derselben Aufmerksamkeit, wie er die Popcorn essenden Jungen, Paul oder mich anstarrte. Ich nahm seine Hand und zeigte nach vorn, wo Schneewittchen und die etwas blöde aussehenden Zwerge nebeneinander in ihren Bettchen lagen. Warum ist es denn so dunkel, fragte er laut. Damit man den Film sieht, antwortete ich, und Paul zischte: Psst. Auf der Leinwand erschien nun die böse Stiefmutter, ein lächerliches Abbild ihrer früheren Schrecklichkeit. Was ist das, ein Film?, fragte Benjamin nun flüsternd.

Es war schließlich Paul, der die darauffolgenden Nächte nicht mehr schlafen konnte und mit heißfiebrigem Kopf aus Alpträumen erwachte. Es waren die Zwerge, die ihm Angst einjagten. Daniel sprach mich eine Woche später darauf an. Das ist doch nicht normal, sich vor Zwergen zu fürchten, sagte er, in seinem Alter. Nun ja, sagte ich, und dachte an die kleingewachsenen Gestalten im dreizehnten Stockwerk von Onkel Georgs Haus.

Als ich eine Woche darauf wieder in die Holzerhurd fuhr, sah die kleine Wohnung Onkel Georgs aus, als hätte eine Bombe eingeschlagen. Keine Sorge, ich räume auf, sagte Onkel Georg beschwichtigend. Ich habe immer gedacht, ich sollte endlich aufräumen, sagte er, stell dir vor, ihr müsstet nach meinem Tod meine Wohnung räumen, stell dir vor, *dieses Puff*. Ich ging auf die Erwähnung seines Todes und der damit verbundenen Unannehmlichkeiten für die Nachwelt nicht ein, da der Onkel Georg sich seinen Tod, seit ich denken kann, in den buntesten und düstersten Farben ausmalte. Dutzende von Büchern aus dem Regal lagen nun offen auf dem Sofa herum, und Onkel Georg schien zu überlegen, ob er die Amazonas-Indianer oder den Bildband über indische Elefanten eventuell entbehren könnte. Das Aussortieren ist immer so eine Sache, erklärte der Onkel Georg, man weiß nie genau, was einmal noch wichtig sein könnte. Schnaufend hob er einen Stapel Bücher vom Boden auf. Zuoberst lag ein in geblümtes Wachspapier eingefasstes Fotoalbum. Ich nahm das Album und setzte mich auf den einzigen Stuhl, der nicht mit Büchern belegt war.

Wir hatten im Dorf unten gewohnt, erzählte Onkel Georg, unten im Dorf, aber das Dorf gibt es nicht mehr. Es wurde im Frühjahr 1937 geflutet. Ich kann mich nicht mehr an den Tag erinnern. Es gibt andere Stauseen und andere versunkene Dörfer, deren Kirchturmspitzen aus dem Wasser ragen. Von unserem Dorf aber stieß nicht einmal beim tiefsten Wasserstand die winzigste Kirchturmspitze durch die spiegelglänzende Wasseroberfläche und vergegenwärtigte die längst versunkene Welt, eine zwar kleinräumige, aber doch immerhin einst vor-

handene Welt. Ich kann mich nicht an den Tag der Überflutung erinnern, sagte der Onkel Georg, und auch meine Erinnerung an die alte Welt, die nun unter Wasser liegt, besteht nur aus einer Mischung aus alten Fotos und den Erzählungen meiner älteren Schwestern und all der Älteren und Ältesten im Dorf. Komischerweise habe ich mir dieses vorherige Leben im versunkenen Dorf tatsächlich unter Wasser vorgestellt und unsere Familie und all die anderen Dorfbewohner als unter Wasser atmende, unter Wasser lebende Wesen, sagte der Onkel Georg. Dies wurde verstärkt durch die leicht verschwommenen Konturen der nachkolorierten Gesichtszüge der Mädchen auf den Fotografien, die mir viel schönere, um nicht zu sagen *wässrigere* Schwestern zu sein schienen als die richtigen *trockenen*.
Sorgfältig blätterte ich die dicken Seiten um und betrachtete die zwischen den sich fast auflösenden gelblichen Seidenpapieren eingeklebten Bilder. Es gab eine Kollektion von Fotografien der vier Mädchen, der älteren Schwestern Onkel Georgs, in einer der Größe nach treppenartig geordneten Reihe. Die Mädchen trugen alle dieselben, streng an die Kopfhaut geflochtenen Zöpfe, knielange gestreifte Kleider in verschiedenen Größen und weiße Kniestrümpfe und Lackschuhe. Sie lächelten entrückt, nur die zweitälteste, die meine Mutter war, blickte entschlossen, fast trotzig in die Kamera. Auf den früheren Mädchenbildern war auch die Mutter der Mädchen mit auf dem Bild, sie hatte ein gutmütiges, pausbäckiges Gesicht und kleine Augen. Der Vater war nur auf zwei Bildern zu sehen, er trug einen Anzug aus braunem oder grauem Cordstoff und lächelte gezwungen.

Ich blätterte einige Seiten weiter, die Mädchen wuchsen mit den fortschreitenden Seiten, und die Pausbacken verschwanden; es war Krieg. Auf einem Bild war auch Onkel Georg zu sehen. Er musste mindestens fünf Jahre alt sein, was hieß, dass er auf den vorherigen Mädchenbildern aus unerklärlichen Gründen weggelassen worden war. Onkel Georg saß mit gekreuzten Beinen schräg vor den stehenden Mädchen, wahrscheinlich ein Trick des Fotografen, die so gleichmäßig ansteigende Reihe der Mädchen nicht durch den viel zu groß gewachsenen kleinen Bruder zu stören. Der Onkel Georg blickte weder trotzig in die Kamera, noch lächelte er. Er blickte zur Seite, zum Bild hinaus.

Das alte Dorf war leer, als die Sirenen die Überflutung ankündigten, erzählte Onkel Georg. Die Menschen waren mit ihrem gesamten Hab und Gut frühzeitig in das Ersatzdorf am Hang gezogen. Vom früher üblichen Brauch des Verbrennens der Häuser und Bäume wurde abgesehen, es wurden auch keine Gebäude gesprengt, wie dies später bei den größeren Stauseen geschah.
Der älteste Sohn der Zinslis ist am selben Tag verschwunden. Er hatte angeblich auf dem Küchentisch des neugebauten Zinsli-Hauses im oberen Dorf einen Zettel hinterlassen, auf dem geschrieben stand: *Ich bin nach Italien gegangen*. Trotz oder gerade wegen dieses Briefs und weil er genau am Tag der Flutung verschwand und man nie wieder von ihm hörte, ging das Gerücht um im Dorf, er wäre vielleicht nochmals in das alte Dorf zurückgekehrt und versehentlich überflutet worden. Was man weiter munkelte, dass der älteste Zinsli-Sohn mit gro-

ßen, fischartig aufgerissenen Augen im leeren Dorf unter Wasser weiterlebte, wurde für mich zur fixen Idee, die mich erschaudern ließ, wenn wir am Stausee standen und die flachen Steine über das Wasser hüpfen ließen.
Ich weiß nicht, ob es wegen des Zinsli-Sohnes war, sagte Onkel Georg, warum wir dachten, auf der anderen Seite des Stausees wäre Italien. Dies stimmte natürlich nicht, denn auf der anderen Seite des Sees waren genau dieselben Graubündner Dörfer wie auf unserer Seite, und Italien war woanders. Wir aber standen vor den frisch verputzten Häusern des neuen Dorfes, das den Einwohnern der gefluteten Gebiete von der Gemeinde als Ersatz zur Verfügung gestellt, ja *geschenkt* worden war, und blickten über den See, wo wir Italien glaubten. Mit dem Feldstecher suchten wir die Häuser und Bäume nach Unterschieden zu den hiesigen ab und fanden sie typisch italienisch. Außerdem hielt sich die Vorstellung, man könne über die große steinerne Staumauer am Ende des Sees auf dem direktesten Weg nach Italien laufen. Dieser Weg nach Italien wurde zur Mutprobe der Jungen im Dorf. Nicht die meine natürlich, meinte Onkel Georg, und lachte ohne Bitterkeit, ich konnte ja nicht einmal auf einer breiten Straße einen Fuß gerade vor den anderen setzen, geschweige denn hätte ich es mir zugetraut, über die schmale Staumauer zu balancieren, von welcher man je nach Höhe des Wasserspiegels drei bis zehn Meter tief in den See springen konnte, auf deren anderer Seite jedoch ein über sechzig Meter tiefer Abgrund lag. Der jüngere Zinsli-Sohn stürzte eines Nachts von der Mauer und lag mit zersplitterten Knochen und gespaltenem Schädel auf der anderen Seite.

Weshalb er, im Moment des Gleichgewichtsverlustes, sich nicht in den See hat fallen lassen, der zu dieser Frühlingszeit Hochwasser führte, so dass einem geübten Schwimmer wie dem jungen Zinsli bei einem Sprung bestimmt nichts Schlimmeres geschehen wäre, bleibt mir ein Rätsel, sagte Onkel Georg. Meine Schwestern behaupteten, dies sei etwas Ähnliches, wie wenn einem ein Honigbrot runterfällt, welches immer und ohne Ausnahme auf die bestrichene, klebrige Seite fällt; ein physikalisches Gesetz sozusagen. Ich, sagte Onkel Georg weiter, hatte an dieser Theorie meine Zweifel. Doch die Kinder und Jugendlichen unseres Dorfes liefen nach dem Tod des jüngeren Zinsli-Sohnes nicht mehr nachts über die große Staumauer nach Italien. Und von den Zinslis, denen innerhalb weniger Monate zwei Söhne abhanden gekommen waren, sprach man im Dorf nur noch im flüsternden Tonfall.

An diesem Abend rief Daniel an. Ich saß am Schreibtisch, die Kinder spielten in ihrem Zimmer und waren erstaunlich ruhig. Ich bin's, sagte Daniel, und ich erkannte seine Stimme zuerst gar nicht, er klang anders, schüchtern fast. Du bist aber wieder verwirrt, sagte er, was machst du denn, und ich sagte: Ich habe Onkel Georg besucht. Ach, der Georg, sagte er und fragte nach den Kindern. Die sind in ihrem Zimmer, sagte ich, soll ich sie holen? Nein, lass nur, sagte Daniel und fragte nichts weiter, und nachdem ich den Hörer aufgelegt hatte, fragte ich mich, weshalb er angerufen hatte. Einen Moment lang blieb ich still neben dem Telefon stehen und überlegte, ob ich nochmals zurückrufen sollte. Ich

hob sogar den Hörer ab, lauschte auf den langgezogenen Ton. Dann legte ich wieder auf und strich mir über die heiße Stirn, als versuchte ich, eine Krankheit wegzuwischen. Wahrscheinlich wurde ich tatsächlich krank, auch Onkel Georg hatte gesagt, mein Husten klänge gar nicht gut.
Ich löste mich aus der Erstarrung, machte den Computer aus und trat ins Kinderzimmer. Im Zimmer war es dunkel, nur das Nachttischlämpchen von Pauls Bett brannte, ein Bettdeckenhaufen lag auf dem Boden, darunter, kichernd, die Kinder. Was macht ihr denn?, fragte ich, worauf Pauls Kopf unter der Decke hervorlugte. Psst, du musst still sein, die Leute sind schon da, flüsterte er. Welche Leute? Psst, die Leute natürlich, die Leute, die den Film schauen wollen. Paul verschwand wieder unter der Decke. Die Decke bewegte sich, und ich hörte Benjamins glucksendes Lachen. Pauls Gesicht erschien erneut. Du kannst auch noch ins Kino, es gibt noch Tickets, aber du musst dich beeilen. Er hielt mir einen Papierschnipsel hin. Welcher Film läuft denn heute Abend?, fragte ich nun, da ich begriffen hatte. So ein Film halt, meinte Paul ausweichend. Ich kauerte mich neben Benjamin unter die Decke. Paul erhob sich nun, ging zur Tür und streckte den Leuten, die noch kamen, ihre Tickets hin. Beeilen Sie sich, bitte, der Film beginnt gleich, sagte er ungeduldig. Paul schloss die Tür, nahm die Lampe und drehte den Lichtstrahl auf die Wand vor uns. Dann kehrte er zurück unter die Decke. Benjamin atmete hastig und hörte auf zu kichern. Die kleinen Kinderkörper waren noch wärmer als meiner, obwohl ich zuvor gedacht hatte, ich hätte Fieber. Wir blickten

durch einen Spalt unter der Decke hervor auf den Lichtkegel, der die körnige Tapete erleuchtete. Ich dachte, was Daniel wohl denken würde, wenn er jetzt vorbeikommen würde und uns sähe. Aber Daniel kam nicht. Niemand kam.

Es wurde Sommer und in Onkel Georgs Wohnung unangenehm heiß. Onkel Georg hatte rote Flecken am Hals und kalten Schweiß auf der Stirn, aber er sagte, ich müsse mir keine Sorgen machen. Im Pflegeheim sterben sie jetzt alle wie die Fliegen, sagte er. Das Sterben ist bekanntermaßen ansteckend, auch ich würde an solch einem Ort sofort dahinsiechen, von diesem Todesgeruch. Onkel Georgs Tür war nie verschlossen, deshalb trat ich ein, ohne zu klingeln. Onkel Georg saß auf der Couch, sein Kopf war vornübergekippt und sein Mund leicht geöffnet. Im Fernsehen lief eine Art Hausfrauenversion von Abba, drei dickere Frauen in farbigen Tunikas mit breiten Puffärmeln, die ausladenden Hüften in glänzenden Strumpfhosen, sangen *Dancing Queen*, auf Deutsch. Tanzkönigin, sangen sie, du fühlst den Takt des Tamburins, dazwischen sah man das Fernsehpublikum, angegraute, Bier trinkende Männer und dicke Frauen, die im Takt in die Hände klatschten. Onkel Georg schnarchte leise. Als ich den Ton leiser stellten wollte, schreckte er auf. Ach, du bist es, sagte er, gut, ich dachte schon, es ist die Spitex-Hilfe oder die Physiotherapie, die lassen einen nie in Ruhe.
Onkel Georg, sagte ich, seit wann schaust du denn Fernsehen? Onkel Georg hatte früher nie ferngesehen. Sie lügen, brachte er uns bei, die Menschen, die im Fern-

sehen sind, erzählen nur Lügen. Die Fernbedienung hatte er eines Tages, als mein Bruder und ich einmal mehr den ganzen Mittwochnachmittag Lügenfernsehen geschaut hatten, zum offenen Fenster hinausgeworfen. Die Fernbedienung überlebte den Sturz aus dem achten Stockwerk nicht, und seither musste man Onkel Georgs Fernseher am Gerät direkt einstellen. Manchmal kommen auch gute Sachen im Fernsehen, sagte Onkel Georg jetzt, manchmal bringen sie ganz interessante Dinge. Er blickte auf die tanzenden Abba-Kopien und machte den Fernseher aus.

Mein Bruder und ich hatten uns immer wieder Boshaftigkeiten ausgedacht, die wir dem Onkel Georg antun wollten. Es schien uns unmöglich, dass Onkel Georg, obwohl er doch erwachsen war, gewisse Dinge, die wir mühelos konnten, nicht zu tun imstande war. Wir stellten ihm die einfachsten Rechenaufgaben und lachten, wenn er die falsche Lösung sagte. Ich war mir jedoch nie ganz sicher. Während mein Bruder mit Rechenkünsten prahlte, dachte ich immer, der Onkel Georg weiß insgeheim die Antwort. Ich dachte immer, der Onkel Georg tut nur so.
Bei Geschicklichkeitsspielen wie Mikado konnte er nur verlieren, trotzdem war Onkel Georg sehr geduldig und spielte mit. Er verzog keine Miene, wenn die Stäbe immer und immer wieder unter seinen riesigen zittrigen Händen zusammenkrachten, aber uns wurde das Spiel schnell langweilig. Dann knüpften wir ihm die Schnürsenkel seiner Schuhe zusammen; aus Rache, dass er uns vor sich niederknien ließ, um ihm beim Schuhebinden

zu helfen. Doch seit es diese Klebeschuhe gab, war das kein Thema mehr. Ein einziges Mal drehten wir die Wasserhähne im Bad und auch in der Küche mit aller Kraft zu. Und als wir im Bus nach Hause fuhren, stellten wir uns vor, wie Onkel Georg mit zahnpastavollem Mund im Badezimmer stand und den Wasserhahn nicht aufdrehen konnte, und wir konnten doch nicht lachen.

An diesem Abend, kurz bevor ich ging, sagte Onkel Georg: Ich habe solche Schmerzen. Ich blickte ihn fragend an. Onkel Georg sprach nie über Schmerzen, obwohl er wohl welche haben musste wegen all der Gebrechen und Krankheiten, die auf seinem Krankenschein aufgeführt waren. Ich habe solche Schmerzen, sagte Onkel Georg, weißt du, nicht am Leib. Das Telefon klingelte, und Onkel Georg meldete sich sofort: Ja, Grüß dich, Elisabeth, sagte er freundlich. Nein, Waschmittel gibt's hier noch reichlich. Er plauderte weiter über das schwüle Wetter und ob es noch ein Gewitter geben würde. Endlich legte er auf. Die Spitex-Hilfe, meinte er mit einem Schulterzucken. Alles nehmen sie einem weg, alles, und nichts bleibt übrig, sagte er. Sie tun immer so, sagte er, als wäre man blöd im Kopf. Die Elisabeth geht ja noch, aber die andere, Nicole heißt sie, die kommt immer und dann schmeißt sie alles weg, alles was ich habe. In den Müll, alles. Was, alles was du hast?, fragte ich verwirrt. Den ganzen Kühlschrankinhalt, meinte der Onkel Georg, weil die Sachen abgelaufen sind. Aber man kann die Dinge zumindest teilweise noch essen, sogar eine fast unangebrochene Salatsauce hat sie weggeworfen. Ach so, sagte ich, aber was ist mit den Schmerzen? Schmerzen, nein, so schlimm ist das nicht, meinte Onkel Georg. Dann begleitete er mich zur Tür.

Nach diesem Mittwoch besuchte ich Onkel Georg einige Wochen nicht. Dies hatte aber nichts mit Onkel Georg zu tun, sondern mit den Kindern, genauer gesagt, mit Paul. Paul hatte einem anderen Kind auf dem Pausenplatz aus nächster Nähe und mit voller Kraft einen Stein an den Kopf geworfen. Der Junge wurde mit einer Gehirnerschütterung ins Spital gebracht, das leicht verletzte linke Auge sollte keine bleibenden Schäden davontragen.
Ich sprach mit dem Rektor, mit dem Klassenlehrer und mit der Schulpsychologin. Paul war schwer davon zu überzeugen, dass er das Auge nicht mit Absicht getroffen hätte. *Fisch, Fisch*, habe der Junge ihm immer heimlich zugeflüstert, *Fisch, Fisch*. Der Junge habe gesagt, seine, also Pauls Augen unter den dicken Brillengläsern sähen aus wie die eines Fisches, erklärte er. Die Schulpsychologin, die bei Paul schon früher eine leichte Form von Autismus diagnostiziert hatte und meinen fehlenden Willen zur Kooperation, was hieß, zur Versetzung Pauls in eine Sonderschule, bemängelte, meinte einmal mehr, Paul sei nicht tragbar. Das geht doch nicht: Auge um Auge, Zahn um Zahn, sagte der Rektor. Er kann mühelos die Wurzeln der natürlichen Zahlen ausrechnen, warf der Klassenlehrer ein, er liest Astronomiebücher und erklärt die Entstehung der schwarzen Löcher im All. *Fisch, Fisch*, sagte Paul und weinte nicht. *Fisch, Fisch*, habe der Junge gesagt, *Fisch, Fisch*, hätten sie über den Pausenhof geschrien.

Paul musste schließlich doch in eine andere Schule versetzt werden, weil er nachts aufwachte und schrie, *Fisch, Fisch*, schrie er. Und dann sagte er, wie die Kinder ihn nun nannten, nämlich Mörder. Er hatte wieder begonnen, ins Bett zu machen. Daniel war wieder da, zumindest häufiger, wir behielten aber noch beide Wohnungen.

Die Nachricht, dass Onkel Georg, nur mit seinem Morgenmantel bekleidet auf der Feuertreppe, die auf das Dach des Hochhauses führte, gesehen und schließlich von der alarmierten Feuerwehr heruntergeholt worden war, erreichte mich zwei Monate später. Als ich ihn am Tag darauf, an einem Donnerstag, besuchte, äußerte er sich nicht zu dem Vorfall. Er benahm sich normal, aß das mitgebrachte Mandelgebäck. Ich erzählte nichts von der Sache mit Paul und dem Stein, und Onkel Georg fragte auch nicht, weshalb ich ihn die letzten Wochen nie besucht hatte. Stattdessen fragte er nach Daniel. Dein Mann, der Blonde, der auch auf der Beerdigung der Esther war, versteht ihr euch eigentlich gut? Ja, sagte ich. Wir hatten einige Probleme, aber man rauft sich wieder zusammen, auch der Kinder wegen. Ja, wegen der Kinder, wiederholte Onkel Georg. Was ist er eigentlich von Beruf, er ist bestimmt Sportler, so wie er aussieht, wie diese Tennisspieler im Fernsehen sieht er aus. Nein, sagte ich, Daniel arbeitet bei einer Versicherung. So, eine Versicherung, das ist gut, eine Versicherung kann man immer brauchen, sagte Onkel Georg. Er könnte mich also versichern, falls ich mal irgendwo hinunterfallen würde, nicht? Dann würde ich in ein schönes Krankenhaus kommen, und falls ich doch sterben sollte, würdet ihr wenigstens Geld kriegen für die Unannehmlichkeiten. Ach Georg, hör doch auf, du wirst nirgendwo runterfallen, meinte ich unwirsch. Es kann immer mal sein, dass einer versucht, nach Italien zu gehen, murmelte Onkel Georg. Bevor ich etwas erwidern konnte, wechselte er den Tonfall und fragte: Bringst du einmal deine Kinder mit? Das würde mich sehr freuen. Du solltest unbedingt mal die Kinder mitbringen, ihr seid ja früher auch immer gekommen, als Kinder, jeden Mittwoch.

Daniel hatte die Prospekte für das Alters- und Pflegeheim organisiert, doch ich war es, die schließlich die Formulare ausfüllte und die Einweisung veranlasste. Onkel Georg sagte nichts dazu. Auch als wir seine Sachen in den Umzugswagen luden, um diese in das Pflegeheim *Südblick* etwas außerhalb der Stadt zu fahren, ließ er kein Wort des Vorwurfs hören. Für die Schrankwand war das neue Zimmer zu klein, aber das Bettsofa, den Tisch und die Bücher konnte er mitnehmen. In dem Heim, in dem meine Mutter untergebracht ist, können keine persönlichen Möbel mitgebracht werden, das ist schon toll, sagte Daniel, und Onkel Georg sagte: Ja, das ist toll.
Ich hole dich bald ab, und wir gehen gemeinsam ins Kino, sagte ich. Es läuft *E la Nave va*, ergänzte ich, du magst doch Fellini. Ja, sagte Onkel Georg, Fellini. Ich fuhr mir mit dem Handrücken über die Augenlider und die Stirn, dabei schwitzte ich gar nicht. Benjamin sprang an Onkel Georg hoch und lispelte: Onkel Georg, Onkel Georg, wie groß sind deine Füße? Sieben Meilen groß, sagte Onkel Georg und lächelte.

Das weiße Meer

Ich hatte den alten Mann schon eine Weile beobachtet, doch die Frau sah ich zum ersten Mal. Sie trug schwarze kurze Haare und hatte auffallend helle Haut und helle Augen. Wie meist, wenn ich abends von der Bibliothek nach Hause kam, stieg ich über meine am Boden sitzende, laut in einer mir unverständlichen, melodiösen Sprache ins Telefon schluchzende Mitbewohnerin und kletterte durch das Küchenfenster hinaus auf das Gerüst. Durch das feine grüne Netz, das um das Gerüst gespannt war, wirkten die Backsteinmauern und die in einen grauen Himmel rauchenden Schornsteine düsterer, als der Novemberabend in Manchester ohnehin war. Die Arbeiten an der Fassade waren nach der Auswechslung einiger maroder Sandsteine unterhalb der Fenster eingestellt worden, der Hausbesitzer war pleite. Aber das Gerüst war geblieben. Durch das offene Küchenfenster konnte ich Ella sehen, die sich das Telefonkabel um ihre nackten Zehen wickelte.
Die Fenster der Nachbarwohnung waren hell. Ich ging vorsichtig einige Schritte nach links, während ich mich an den eisigen Stangen festhielt. Ich war nicht schwindelfrei, zwischen den feuchten Brettern und der Hausmauer klaffte ein bauchbreiter Spalt. In der Mitte des Zimmers stand ein Holztisch, auf dem einige Zeitungen und Bücher lagen, daneben ein Teekrug und eine noch halb gefüllte Tasse. Eine Lampe mit einem Schirm aus geflochtenem Bast warf unterschiedlich große Licht-

flecken an die Wände. An den Wänden waren einige gerahmte Fotografien angebracht, außerdem die Reproduktion eines Bildes von Pieter Breughel dem Älteren, eines dieser kleinformatigen, von verrückten Menschen überbevölkerten Bilder. Das Bild hing leicht schief.

Ich hatte den alten Mann schon länger beobachtet. Fast jeden Abend stieg ich über die am Boden sitzende, mit ihrer Mutter oder Schwester oder Tante in Russland telefonierende Ella hinaus auf das Gerüst und betrachtete den alten Mann im Nachbarfenster. Der alte Mann saß am Tisch, sein weißer Haarkranz leuchtete im Licht der Lampe. Er las, trank Tee oder aß ein Butterbrot. Oder er tat gar nichts. Einmal hatte er die Hände auf dem Tisch gefaltet und seinen alten Kopf darauf gelegt. Ich wusste nicht, ob er betete oder ob er weinte oder nichts von beidem. Sonst sah ich ihn kaum. Nur wenn ich ihn zufälligerweise vor der Wohnungstür traf, er mir kurz zunickte, dann hastig die Tür aufschloss und verschwand. Ella, die mehr mit den Leuten redete als ich, erzählte, dass der alte Mann aus Odessa, einer Hafenstadt am schwarzen Meer, in der heutigen Ukraine stammte. Als sie ihn aber einmal auf Russisch angesprochen habe, so Ella, habe er getan, als würde er sie nicht verstehen, und ihr höflich auf Englisch geantwortet.
H. Samuel stand kaum mehr leserlich hinter dem bräunlichen Glas, eines der ursprünglichen Namensschilder, die anderen waren meist überklebt mit handgeschriebenen oder gedruckten Namen. Deswegen nannten Ella und ich den alten Mann Mister Samuel, wenn wir über ihn sprachen, wir sprachen aber selten über ihn.

H. SAMUEL stand in großen Lettern auf der lamellenartigen Rückwand des leerstehenden Teils eines Einkaufscenters inmitten Manchesters, das E von SAMUEL war herausgebrochen. Als ich die Schrift zum ersten Mal sah, geriet ich in helle Aufregung, als hätte ich etwas Ungeheuerliches entdeckt. Dann begriff ich aber, dass H. SAMUEL ein Schmuckgroßhandel war, der Filialen in allen Einkaufszentren Manchesters und Englands besaß und kitschige Verlobungsringe mit falschen Diamanten und Anhänger mit Herzen oder Kreuzen verkaufte.

Ich verlagerte das Gewicht etwas nach links, damit ich den Rest des Raumes sehen konnte. Der alte Mann lag auf der Couch. Die Frau wandte mir den Rücken zu. Sie rieb eine gelbliche Salbe auf seine mageren Waden. Der alte Mann hatte die Augen geschlossen, obwohl die Frau mit ihm zu sprechen schien. Sie könnte seine Tochter sein, dachte ich, oder eher die Enkelin. Wie sie die Salbe auf die mageren Beine des alten Mannes strich, wirkte zärtlich, beinahe rührend. Ich hätte gerne gehört, was die Frau sagte, doch das Fenster war geschlossen. Die Frau im Fenster trug eine hellblaue, kurzärmelige Bluse und einen dunklen Rock, sie hatte eine knabenhafte Figur. Sie sah aus wie Leo. Vielleicht, so stellte ich mir vor, hatte sie sich früher mit ihrer Freundin vor dem Spiegel verkleidet, die Freundin, mädchenhafter und runder, sah etwas lächerlich aus im Smoking und mit dem angeklebten Schnurrbart. Die Frau im Fenster, so dachte ich, als ich auf dem Gerüst kauerte und rauchte, trug ein hellblaues Männerhemd und eine schwarze

Hose, ihr damals noch langes Haar hatte sie unter einer Schirmmütze versteckt. Sie mussten beide erschrocken sein, sie und ihre Freundin, als sie vor den Spiegel traten. Ihre leicht gekrümmte Nase im sommersprossigen Gesicht, die schwarzen Haare unter der Mütze, die ungeschminkten blassblauen Augen, selbst die herabfallenden Schultern im zu großen Herrenhemd, das ganze Auftreten ließ nichts Weibliches mehr vermuten. Vielleicht sagte sie nach einem Moment der Unruhe lächelnd zu ihrer Freundin, die sie fassungslos anstarrte: Ich sehe aus wie mein eigener Bruder, dabei habe ich gar keinen Bruder.

Ich drückte die Zigarette auf der nassen Holzplanke aus und warf sie in die Dunkelheit. Plötzlich zuckte ich zusammen, da mich etwas am Bein berührte. Ellas dicke Katze schmiegte sich an meine Unterschenkel. Ich trat unwillkürlich zur Seite, rutschte mit dem Fuß ins Leere, konnte mich aber an der Eisenstange festhalten. Mit der anderen Hand packte ich die Katze am Nacken. Ich wusste zwar, dass Katzen besser auf nassen Balken balancieren können als Menschen, aber Ellas Katze war eine riesenhafte fette Angorakatze, die die Wohnung noch nie verlassen hatte. Ich hob die Katze hoch. Im selben Moment blickte die Frau mich an. Sie hatte ganz helle Augen. Sie blickte mir in die Augen, hielt den Blick einige Sekunden, verzog dann die Mundwinkel, fragend, spöttisch. Dann wandte sie sich wieder dem alten Mann zu. Ich lief mit der Katze im Arm über die rutschigen Bretter zurück zum Küchenfenster, ließ die Katze auf den Boden fallen und kletterte selber hinterher. Außer

Atem stand ich in der Küche, wo Ella in einer Bratpfanne etwas Undefinierbares aus Nudeln und Tiefkühlspinat zusammenrührte.

Leo traf ich im März vergangenen Jahres. Dich kenne ich, sagte sie, nicht zu mir, sondern zu Tanja. Sie trug ein blaues Männerunterhemd, hatte kurze schwarze Haare und eng zusammenstehende Augen. Ihre Oberarme waren schmal und sehnig, auf der einen Schulter hatte sie drei Striche, Brandmale oder Narben von Schnitten. Meine Freundin Tanja und ich standen am Tresen und tranken Gin Tonic. Wir waren nicht sicher, ob wir auf der falschen Party waren. Ein Bekannter von Tanja hätte auflegen sollen, der jedoch nicht zu sehen war, und auch sonst kein bekanntes Gesicht. Auf der Bühne strich eine Frau mit einem Geigenbogen über ein Stück Metall und entlockte diesem hohe, schwingende Töne. Dazu sang sie mit theatralischem Vibrato Wörter ins Mikrofon, die wenig Sinn ergaben. Dich kenne ich, sagte Leo zu Tanja. Du kommst aus derselben Stadt wie ich, du bist mit mir zur Schule gegangen. Sie spuckte die Worte hastig aus und tippte Tanja bei jedem Du, das sie aussprach, mit den Fingerspitzen auf die Schulter. Ja, sagte diese und wich etwas zurück, ich erinnere mich. Du bist Eleonora. Leo, korrigierte die andere. Ach, meinte Tanja belustigt, du heißt jetzt also Leo? Du warst früher mal blond, sagte Leo, es klang wie eine Antwort. Mit mir sprach sie nicht. Sie sah mich nur herausfordernd an, als wollte sie etwas von mir.

Eleonora, erinnerst du dich nicht an die, meinte Tanja, als wir danach draußen vor dem Club auf der Treppe saßen. Die war komisch. Früher hatte sie noch lange Haare. Sie war in meiner Klasse. Du kanntest sie bestimmt kaum, sie war ziemlich unscheinbar. Eine Streberin, arrogant vielleicht oder auch bloß schüchtern. Eine Zeitlang hieß es, ich sei mit ihr befreundet, weil ich einige Male mit ihr gelernt hatte. Die anderen waren gemein zu ihr. Einmal war ich bei ihr zu Hause; sie sammelte tote Tiere, ihr Zimmer war voll davon. Tote Käfer und Nachtfalter, aufgespießte Schmetterlinge und die grauen Hüllen der ehemals verpuppten Falter, leere Wespennester, sogar den Schädel einer Katze besaß sie. Die war komisch, echt, meinte Tanja. Eleonora, kein Wunder, was für ein bescheuerter Name.

Tanja war längst weg, als der Club schloss, sie wischten Leo und mich sozusagen mit den letzten Pappbechern und Zigarettenstummeln hinaus auf die Straße. Draußen war es schon Tag. Leo ging neben mir her, über den Kanal. Du musst hier lang, sagte ich an der nächsten Kreuzung. Es hätte wie eine Frage klingen sollen, klang aber wie eine Feststellung. Wir hatten herausgefunden, dass Leo bei einem Bekannten von mir in einer WG wohnte, ich kannte die Straße. Kann ich heute bei dir schlafen, fragte sie. Ja, klar, sagte ich. Meine Stimme klang heiser, ich hatte zu viel geraucht. An einem Kiosk kauften wir Croissants. Ich werde dich in Ruhe lassen, falls du das meinst, sagte Leo kurz vor meiner Haustür. Da, wo ich jetzt wohne, ist grad schlecht. Klar, sagte ich.

Obwohl ich die Rollläden geschlossen hatte, schlief ich

nicht. Leo lag quer in meinem Bett, ihre linke Hand nah an meinem Gesicht. Ihr Kopf war von mir abgewandt, so dass ich nicht sehen konnte, ob sie tatsächlich schlief. Ich hatte mich ganz an die Wand gedrückt und rührte mich nicht. Leos Hand roch nach Seife und Rauch. Es war bereits Nachmittag, als Leo sich mit einem Ruck erhob und sich eine Zigarette anzündete. Sie beachtete mich nicht, als wäre ich gar nicht im Raum. Ich schloss die Augen und beobachtete sie nur durch einen dünnen Spalt. Leo rauchte, suchte sich ihre Kleider zusammen, im Spiegel zog sie sich an. Ich blinzelte, als würde ich aufwachen, und sagte dann: Hey. Willst du einen Kaffee, fragte ich und versuchte, verschlafen zu klingen. Ich muss eigentlich gleich los, meinte sie. Ich ging in die Küche, wusch die Espressokanne aus, füllte sie, schraubte sie zu und stellte sie auf den Gasherd. Leo stand in der Küchentür. Sie nahm nun doch die Kaffeetasse, die ich ihr reichte, ohne sich zu setzen, schüttete sie drei Löffel Zucker in den Kaffee und trank ihn in schnellen Schlucken aus. Ich ruf dich an, sagte sie.

Ich wusste von Beginn an, dass es ein Fehler war, nach Manchester zu gehen, dass es überhaupt ein Fehler war, anzunehmen, es könnte woanders besser sein. Da Manchester aber auch nach fast einem Jahr noch ein Provisorium war, und ich glaubte, jederzeit wieder gehen zu können, fand ich mich damit ab. Ich fühlte mich weder zu Hause noch wurde ich von quälendem Heimweh heimgesucht wie Ella, die fast jeden Abend mit ihrer Mutter oder Großmutter oder einer ihrer Schwestern in Russland telefonierte, und dann weinte, aus Heimweh

oder aus einem als Heimweh getarnten, komplizierteren Schmerz.
Im Februar vergangenen Jahres war ich zwischen einem Dutzend Skitouristen, Ehepaaren und mageren rothaarigen Jungen mit abstehenden Ohren und von Sommersprossen übersäten Gesichtern in farbigen Skianzügen, aus dem Flugzeug auf einen Flugplatz getreten, Windböen zerzausten mir das Haar. Die Hotelzimmer lagen über einem chinesischen Restaurant, der Essensgeruch drang von den mit schwarzem Öl verrußten Lüftungen durch das Hinterhoffenster in mein Zimmer. Das Zimmer bestand aus einem Bett, einem Fernseher und einem Schrank. Ein Tisch war nicht vorhanden.
Die nächsten Tage lief ich ziellos durch Manchester, von einem Einkaufszentrum zum nächsten, wie mir schien, und ließ mich treiben vom Strom. Eine Woche zuvor noch war ich durch den Plänterwald gelaufen, es regnete und die kahlen Bäume boten kaum Schutz. Zwischen dem nassen Laub ragten erste hellgrüne Bärlauchspitzen hervor, doch der Frühling war noch weit und die Kälte bitter. Wie immer lief ich bis zum sogenannten Hexenhäuschen, wo ich umkehrte und nun im Schritttempo zurückging. Das Wasser war schlammiggrün, und die Fabriken auf der anderen Spreeseite versanken im Nebel. In Manchester regnete es auch. In einem Kaffeehauskettencafé trank ich einen riesigen Cappuccino, mit zu viel Karamellsirup, der den unteren Teil des Getränks untrinkbar süß machte. Neben mir unterhielten sich zwei sorgfältig geschminkte Italienerinnen über ihre Jobs und über andere Italienerinnen in Manchester. Alle hatten sie einen Plan, so kam es mir vor, einen Plan

für Liebe, Arbeit und Geld, während mir alles zu entgleiten drohte.

Was ist denn mit dir los, fragte Ella, als ich zum Küchenfenster hineinkletterte. Sie erwartete keine Antwort, sondern streichelte die Katze und stocherte, zur Radiomusik vor sich hin summend, mit einem Kochlöffel im Gemüse herum. Magst du auch was essen?, fragte sie und füllte mir einen Teller, bevor ich antworten konnte. Sie kippte alle herumstehenden Gewürze auf das Gericht auf ihrem Teller und begann zu essen.
Ich wohnte nun schon seit über einem Jahr mit Ella in der kleinen Wohnung. Ella war breit gebaut und hübsch, sie hatte lange kastanienbraune Haare und ein ovales, ebenmäßiges Gesicht. Sie studierte Kunst und arbeitete nebenher in einem Friseursalon, in dem sie jedoch keine Haare schneiden durfte, sondern nur dafür zuständig war, die Haare zu waschen und die abgeschnittenen, noch feuchten Haarschnipsel vom Boden aufzufegen. Abends schaute sie Fernsehserien auf ihrem Computer oder telefonierte. Heute war es mal wieder langweilig im Salon, erzählte Ella, nur zwei alte Frauen waren da, die sich ihre gelblichen Haare violett färben ließen. Immer dieses Violett, sagte sie, und sie denken, es sei grau, ich werde das nie verstehen. Ich hörte Ella gerne zu, sie besaß eine dunkle Stimme und einen ungewöhnlich vokalischen Akzent im Englischen und fragte mich jeden Abend, ob ich einen guten Tag gehabt hätte, erwartete aber keine Antwort. Sie schenkte mir kleine Dinge, die mir nicht gefielen, wie eine rosa Hello-Kitty-Haarbürste oder eine Kerze mit einer stilisierten mexi-

kanischen Madonna darauf. Ich fand es angenehm, dass Ella mich nicht verstand, dass sie, wenn ich in der hellsten Aufregung war, fragte, ob wir uns einen Staubsauger anschaffen sollten, oder dass sie, nachdem ich einen Tag lang mit blinden Augen durch die regnerische Stadt gelaufen war, nichts weiter nachfragte, sondern begann, von ihrem Tag im Friseursalon zu erzählen.

Nach dem Essen setzten wir uns hinaus auf das Gerüst und tranken Rotwein. Wir redeten über Ellas Liebhaber und überlegten, wo wir hinfahren würden, raus aus Manchester. Wir wählten die Städte aufgrund ihrer Namen, nach Triest wollten wir fahren, nach Sarajevo und Sofia, nach Irkutsk. Nach Archangelsk, sagte Ella an diesem Abend, wir fahren nach Archangelsk. Ich habe einmal geträumt, ich sei in Archangelsk, ohne zu wissen, wie Archangelsk ist, sagt der Zirkusdirektor in der *Macht der Gewohnheit*. Und ich kenne nichts als Archangelsk, das ist es, sonst nichts. Und da glauben sie, weggehen zu können?

Ich ließ mir nichts anmerken. Weshalb gerade Archangelsk, fragte ich dann. Archangelsk ist schöner Name, meinte Ella, außerdem hätten sich ihre Eltern da kennengelernt. In Archangelsk hätten sich ihre Eltern zum ersten Mal geküsst, so Ella, in Archangelsk, am Strand des Weißen Meeres. Nach Archangelsk, nach Archangelsk, wiederholte Ella an diesem Abend immer wieder, wie ein geheimes Mantra. Morgen Augsburg, sagt der Zirkusdirektor, morgen Augsburg, ein Fluch.

Als ich ankam in Manchester, lief ich durch die Great Bridgewater Street und den Kanal entlang, links die alten

Fabriken, riesige Gebäude aus rostrotem Backstein, auf der anderen Seite des Kanals wurden neue Häuser gebaut, auch aus rotem Backstein, aber mit riesigen futuristisch anmutenden Glasbalkonen. Eine Brücke mit grünem Geländer führte auf die andere Seite. Ich lief am Ufer des Kanals entlang, es gab kein Geländer, der Kanal lag tiefschwarz und schwer das Wasser; wenn einer hineinfiele, dachte ich, er würde sofort hinuntergezogen, hinab ins Schwarz. Aber weshalb sollte einer hineinfallen, weshalb sollte einer einen Schritt zur Seite tun oder auch nur versehentlich ausgleiten auf dem nassen Stein? Alles schien zum Verkauf zu stehen in Manchester, überall, selbst an den verfallenen Häusern mit zugenagelten Fenstern hingen Schilder: FOR SALE, in den hellen Schaufenstern der Immobilienmakler hingen Fotos von Backsteinhäusern und Wohnungen mit hellem Laminatboden, Einbauschränken und künstlichem Kamin.

HOW DID YOU SLEEP LAST NIGHT?, stand im Schaufenster eines Bettengeschäfts, ein Spruch, der als Werbung für Matratzen gar nichts Unheimliches an sich hatte, mir aber traten die Worte zu nahe, sie sprangen mich an, aus dem Hinterhalt. Ich war früh ins Bett gegangen am Vortag, viel früher als gewohnt, doch ungefähr um zwei Uhr morgens war ich aufgewacht, nassgeschwitzt und frierend wie im Fieber. Durch den Spalt der schweren grünen Vorhänge sah ich das Licht der Straßenlaternen im rußigen Fenster, und es war nicht so, dass mir nicht sehr schnell bewusst wurde, wo ich war. Nur hatte ich einen Moment vergessen, woher ich kam und was geschehen war, überhaupt alles.

Am nächsten Tag beeilte ich mich, von der Bibliothek nach Hause zu kommen. Ich stieg über die telefonierende Ella, die sich ihre Fußnägel türkis lackierte, und kletterte durch das Küchenfenster hinaus auf das Gerüst. Der alte Mann lag wieder auf der Schlafcouch, die Frau saß vor ihm, etwas von mir abgewandt, und las ihm vor. Ich sah sie im Profil, den hohen Hinterkopf und die leicht gekrümmte Nase. Ich stellte mir vor, wie sie, nach dem ersten Erschrecken, Gefallen daran fand, sich als Mann zu verkleiden. Vielleicht tat sie es nachher immer wieder, band ihre Brüste mit einer hautfarbenen Bandage flach an den Körper, versteckte ihr Haar unter einer Mütze oder einem Hut, trug ein Männerhemd oder einen Anzug. Spätabends verließ sie ihre Wohnung, so dachte ich mir das aus, setzte sich an den Tresen einer Bar im Northern Quarter oder in der Canal Street und bestellte ein dunkles Bier oder einen doppelten Whiskey. Die Männer neben ihr, so stellte ich es mir vor, musterten sie kurz, und sie wurde unsicher, zündete sich eine Zigarette an, hustete, da sie den Rauch zu tief in die Lunge zog, weil sie es nicht gewohnt war zu rauchen, dann jedoch begriff sie, dass sie nicht auffiel. Vielleicht fiel sie doch auf, einer hübschen jungen Frau, deren Blick sie immer wieder traf, doch bevor diese Frau weiter nachdenken konnte, hatte der magere junge Mann mit der Schirmmütze und dem blauen Hemd seinen Whiskey bezahlt und war gegangen.
Ich versuchte, den Titel des Buches zu erkennen, aus dem die Frau dem alten Mann vorlas, was mir jedoch nicht gelang.

Leo rief nicht an. Ich lief durch die Straßen, abends, nachts, oder auch bei hellem Tag, jedoch meist bei Nacht, das fiel am wenigsten auf. Ich kam mir vor wie in dem Film von Carol Reed, *Odd Man Out*, nur wusste ich nicht, ob ich der verwundete, sich durch eine düstere irische Stadt schleppende Verbrecher Johnny McQueen oder die ihn in den dunklen verschneiten Gassen suchende, wunderschöne Geliebte wäre. Doch die Gassen waren nicht dunkel, sondern von Straßenlaternen und leuchtendem Weihnachtsschmuck erhellt, sie waren nicht leer, sondern voller Menschen, manchmal traf ich jemanden oder wurde erkannt und erschrak, aber nur für einen Moment. Denn ich fand immer eine Ausrede. Einmal sah ich sie tatsächlich, sie fuhr mit dem Fahrrad an mir vorbei und sah mich nicht oder sah mich und blickte an mir vorbei, und da ich auch an ihr vorbei blickte, wusste ich nicht, ob es tatsächlich Leo war oder nur eine Verwechslung. Leo rief nicht an. Nach drei Wochen schickte ich ihr eine Postkarte mit dem Bild eines zugefrorenen Meeres, *Archangelsk* stand in kyrillischer Schrift darunter, die Karte hatte ich auf dem Flohmarkt gefunden. Ich habe einmal geträumt, ich sei in Archangelsk, ohne zu wissen, wie Archangelsk ist, schrieb ich. Und: Es muss ja nicht unbedingt Archangelsk sein. Kommst du Samstag zum Konzert? Ich schrieb den Namen und die Adresse auf die Karte und warf sie in einen Briefkasten.

Nach vier Tagen in Manchester fuhr ich weiter. Eine Schwester meiner Mutter und ihr Mann wohnten im Süden Schottlands, in einem winzigen Dorf, das aus

einer Straße, einer Querstraße und einem Pub bestand. Mein Onkel holte mich am Bahnhof ab, der kein Bahnhof, sondern nur ein einziges Gleis war. Damit die in beide Richtungen fahrenden Züge nicht kollidierten, überreichte der Bahnhofsvorstand dem Zugführer eine Tasche, die dieser an der nächsten Station dem Bahnhofsvorstand gab. Dieser gab die Tasche dem Lokführer, der in die andere Richtung fuhr, der nun wusste, dass das Gleis frei war. Meine Verwandten freuten sich über den Besuch. Sie hatten mich das letzte Mal als Kind gesehen, ich konnte mich kaum erinnern. Warum ich gerade im Februar gekommen war, war ihnen unverständlich, und ich musste versprechen, einmal im Sommer wiederzukommen. Nach dem Abendessen ging ich ins Bett oder schaute mit meinem Onkel fern; der mit einem mir unverständlichen schottischen Akzent sprechende Moderator ließ leichtgläubige Menschen glauben, ein impressionistisches Landschaftsbild oder ein Schrankungetüm aus dunklem Massivholz, Erbstücke ihrer Großeltern, seien von großem Wert. Dann ließen sie die vermeintlichen Antiquitäten von Experten schätzen und wurden meist enttäuscht. Tagsüber ging ich spazieren. Ich fuhr mit einem Bus, der nur mich und einige alte Frauen beförderte, an den äußersten Zipfel der Halbinsel und lief über dreiundzwanzig Äcker zurück zum Dorf. Auf der linken Seite fielen die von gelbem Moos bewachsenen Felsen steil ins Meer ab. Ich traf keinen Menschen, nur eine Schafherde rannte von mir weg, über den Horizont hinaus.
Nach einer Woche beschloss ich, nach Manchester zurückzufahren. Du kannst bei Ella wohnen, meinte mein

Onkel. Ella war das frühere Au-pair-Mädchen meiner Verwandten, an der Wand hing ein Foto von ihr mit einer Katze im Arm. Ella's cat is the biggest cat you've ever seen, sagte mein Onkel. Die Katze war tatsächlich riesig und hatte eine langgezogene Nase, was sie alles andere als niedlich aussehen ließ. Ella schaute ernst in die Kamera, sie hatte ein breites Gesicht mit hohen Wangenknochen, das dichte schwarze Haar verdeckte ihre dunkel geschminkten Augen zur Hälfte. Sonst gab es mehrere Fotos der drei Kinder meiner Verwandten, rotschöpfige sommersprossige Kinder auf Schaukeln sitzend oder auf Ponys reitend, die nun auch älter waren und in London oder in Lancaster studierten und die ich auch früher kaum je gesehen hatte.
Ella holte mich in Manchester am Bahnhof ab. Ich hastete neben ihr her durch das hinter der Victoria Station liegende Viertel. Ellas Wohnung lag in einem Backsteinhaus in einer engen, dunklen Straße. Die Wohnung war geräumig, aber spärlich eingerichtet. Ein Zimmer stand leer. My boyfriend moved out one month ago, so I've got a lot of space, sagte Ella und lachte. You can move in here, if you want, sagte sie, nachdem wir uns gerade mal eine Viertelstunde kannten. Nach weiteren fünf Minuten sagte ich Ja, ließ meinen Rückflug verfallen und blieb.

Für einige Tage vermied ich es, auf das Gerüst zu klettern, um die Frau im Fenster zu beobachten. Als ich nachmittags das Haus verließ, traf ich den alten Mann im Treppenhaus. Ich grüßte ihn, getraute mich aber nicht, ihn mit seinem Namen anzusprechen, da ich diesen ja nur von seinem Klingelschild kannte. Ich hätte wortlos an ihm vorbeigehen können, doch dies erschien mir unhöflich, also ging ich, einen Fuß vor den anderen setzend, hinter ihm die Treppe hinunter und blickte auf den Hut, der seinen kahlen Hinterkopf bedeckte. Wir sprachen nicht miteinander, ich hätte ihn fragen können, ob er etwas mit dem Schmuckgroßhandel H. SAMUEL zu tun habe, aber das hatte er bestimmt nicht, so why would I live in this filthy building, hätte er vielleicht geantwortet, aber der alte Mann antwortete nichts, da ich ja nichts gefragt hatte, er atmete nur leicht keuchend. Ich hielt ihm die Haustür auf, da blieb er stehen und sagte: Go on, Madame, it's better if they don't see us together. Ich blieb einen Moment stehen und starrte ihn perplex an. Er legte einen Finger vor den Mund und sagte: Psst, they are everywhere. Even if you don't see them, they are there. Schnell ging ich zur Tür hinaus.

Ich habe deine Nummer gelöscht, sagte Leo. Sie sagte nicht: versehentlich. Ich überlegte, dass ich darauf etwas sagen sollte, doch mir fiel nichts ein. Hast du was zu trinken da, sagte Leo anstelle einer Erklärung, und ich meinte: Apfelsaft gibt es, vielleicht auch Bier, und sie sagte: Apfelsaft und öffnete den Kühlschrank. Sie goss den Rest der Flasche in ein Glas und trank es in einem Zug leer. So, sagte sie und stellte das Glas hin. Was ist eigentlich mit Archangelsk? fragte sie dann. Was soll mit Archangelsk sein, sagte ich leicht trotzig, keine Ahnung, wie Archangelsk ist. Tja, wir können ja mal hinfahren, meinte Leo, schauen, wie es da ist.

Ich lief stadtauswärts, mit eingezogenen Schultern. Unter dem roten Backsteinbogen der Bahnbrücke hindurch führte ein Tunnel, in dem die Menschen eng an mir vorbeihasteten. TRAFFIC DELAY stand auf einem Schild. Die Farbe des Himmel wechselte von einem dreckigen Weiß ins Grünliche, die Luft war schwer von vergangenem und zukünftigem Regen. Vor mir ging eine Frau in einem hellen Trenchcoat. Ich stellte mir vor, ich hätte ein Ziel, einen Bahnhof, ein Zuhause am Stadtrand, eine Einladung bei Freunden. Direkt an der Straßenkreuzung stand eine Kirche, riesenhaft, mit barocken Türmchen. Ich könnte die Kirche besichtigen, dann würde ich nicht so blöde dieser Frau hinterhergehen, dachte ich. Die Kirche war mit Stacheldraht eingezäunt, THIS PROPERTY IS UNDER SURVEILLANCE stand alle fünf Meter an dem Zaun und der Name einer Sicherheitsfirma. Neben mir rasten die Autos stadtauswärts. Als die Frau die Straße überquerte und auf der anderen Seite in eine Gasse zwischen Backsteinhäuschen einbog, blieb ich auf meiner Seite. Der Himmel verfinsterte sich zusehends, und da kein Bahnhof, kein Zug, keine Einladung auf mich wartete, kehrte ich schließlich um. Ich überlegte nur kurz, bevor ich auch in die enge Gasse zwischen den zweistöckigen Backsteinhäuschen, in der die Frau verschwunden war, einbog. *Cat's Walk* hieß die Gasse, doch keine Katze war zu sehen und auch kein Mensch. Die Autos parkten vor den braun- oder grünglänzend gestrichenen Bretterzäunen, die das vor den Backsteinhäuschen liegende quadratische Stück Rasen oder den geteerten Vorplatz verdeckten. Hier hing eine Hollywoodschaukel, da ragte ein Trampolin empor,

die Gummifläche meterhoch eingezäunt, damit die hüpfenden Kinder ihre Köpfe nicht auf dem geteerten Platz aufschlugen. Aber an diesem regnerischen Winterabend hüpften keine Kinder auf den Trampolins; hinter den Jalousien, wo die Familien beim Abendbrot sitzen sollten, brannte kein Licht, die Häuser wirkten verlassen. Vielleicht wohnt hier keiner mehr, dachte ich, oder ist dies nur eine Modellvorstadt, mit Modellhäuschen, Modellvorgärten, FOR SALE oder TO LET, alles, sogar die Modelltrampolins wurden aufgestellt, damit es lebendiger wirkte und man sich die hüpfenden Kinder zumindest vorstellen konnte.
Als ich zwischen den Einfamilienhäusern wieder zurückging, sah ich doch noch jemanden, eine Frau mit langen roten Haaren und einem grünen Mantel mit einem Kind an der Hand. Auch das Kind trug ein Mäntelchen und hatte weiße Haut und hellaufgerissene Augen. Doch dies war nur ein Bild aus einem Traum oder einem Film, das an diesem Winterabend in Manchester im Nebel auftauchte und sich vor meine Erinnerung schob.

An den darauffolgenden Tagen war die Frau im Fenster verschwunden. Der alte Mann saß alleine am Tisch und hielt die Hände gefaltet. Nach einer Weile erhob er sich und rückte vorsichtig das kleine Bild an der Wand gerade.
Ich setzte mich vor unserem Küchenfenster auf die Bretter. Lange saß ich in der frühabendlichen Dunkelheit und tat nichts. Nach einiger Zeit öffnete sich das Fenster, Ella streckte den Kopf hinaus und sagte: Willst du

erfrieren. Sie hievte ihren schweren Körper über das Fensterbrett und setzte sich neben mich. Sie steckte sich zwei Zigaretten in den Mund, zündete sie an und reichte mir eine davon. Ella hatte eigentlich vor fünf Tagen aufgehört zu rauchen, sie machte Kreuze in den Kalender in der Küche. Ella rauchte und erzählte dann, dass sie im Friseursalon entlassen worden war. Sie hatte die zusammengekehrten Haare nicht weggeworfen, sondern sie in einer Plastiktüte gesammelt und mitgenommen. They think I would make some kind of vodooo-stuff with it, sagte Ella und lachte. Ich fragte sie nicht, warum sie die abgeschnittenen Haare gesammelt hatte. Lass uns nach Archangelsk fahren, meinte Ella, ich habe jetzt viel Zeit. In Archangelsk gibt's nichts, sagte ich, klaubte die Zigarettenstummel zusammen und stieg durch das Küchenfenster ins Helle.
In dieser Nacht träumte ich von Ellas Eltern am Strand von Archangelsk, sie hielten sich an den Händen, der Vater war ein großer, kräftiger Mann mit schwarzem Haar, Ellas Mutter war kleiner und trug ein langes weißes Kleid, sie blickte in die Kamera und machte eine Bewegung mit dem einen Fuß, als würde sie zu tanzen beginnen. Ella hatte mir nie Fotos von ihren Eltern gezeigt, ich wusste nicht, ob es welche gab. Die Fotografie, von der ich träumte, war schwarzweiß.

Zweiundzwanzig Stunden hatte die Fahrt mit dem Zug von Sankt Petersburg nach Archangelsk gedauert, durch lichte Birkenwälder und endlose Felder. Ich hätte nicht gedacht, dass Leo die Sache ernst nehmen würde. Immer wieder hielt der Zug an einem verlassenen Bahnhof, auf dem Bahnsteig verkauften alte Frauen Teigklöße gefüllt mit Kartoffeln. Wir waren zu dritt im Abteil. Eine Frau namens Alija lag wie ein dicker gestrandeter Wal auf ihrem Bett und schlief. Wenn sie nicht schlief, unterhielt sie sich mit mir über den Stalinismus. Ich konnte einige Wörter und Wendungen Russisch, noch von der Schule, das meiste hatte ich jedoch vergessen. Unter Stalin sei es noch besser gewesen in Archangelsk als jetzt, viel mehr begriff ich nicht von dem, was sie erzählte. Oder sie ging mit Leo rauchen, während ich auf das Gepäck aufpasste. Sie ging lieber mit Leo rauchen als mit mir, obwohl Leo kein Wort Russisch verstand. Die Frau dachte aber, Leo sei nur schüchtern, und fand dies angenehm. Nur als Leo zum Mittagessen Schwein bestellte – dieses eine Wort, Schwein, kannte die Frau auf Deutsch – und das Fleisch, einen gräulichen Klumpen in einer Aluminiumschale schließlich nicht anrührte, konnte sie dies nicht verstehen. Ich bestellte Fisch und aß diesen höflich auf. Überhaupt nicht verstehen konnte die alte Frau namens Alija, weshalb wir nach Archangelsk fahren wollten. In Archangelsk gibt es nichts, wiederholte sie mehrmals, *nitschewo*.

In Archangelsk gab es ein paar Einkaufszentren, Kosmetiksalons, Telefonshops und übriggebliebene Leninstatuen. Zwischen hohen Plattenbauten führten ungeteerte Straßen zu kleinen Holzhäuschen, zwischen Bäumen mit giftroten Beeren. Der Strand von Archangelsk war nicht der Strand des Weißen Meeres, sondern nur das Ufer des Flusses Dwina, der vierzig Kilometer weiter ins Weiße Meer mündete. Die Strandbars waren mit dickem

halbdurchsichtigem Plastik verkleidet, da es zu kalt war im August und zu windig, um im Freien zu sitzen.
Dann lass uns eben ans Weiße Meer fahren, meinte Leo, es wird hier schon ein Schiff geben. Der Schiffsbahnhof war weiter unten an der Dwina, Архангельск stand in großen Lettern auf dem Dach. Ich fragte die Frau im Kassenhäuschen nach einem Schiff ans Weiße Meer. Njet, sagte sie, auch als ich nach morgen, übermorgen oder der nächsten Woche fragte, kein Schiff fuhr ans Weiße Meer, die Frau sagte: njet, und schüttelte den Kopf. Ans Weiße Meer könne man leider nicht fahren, erklärte auch die Frau im Tourismusbüro. Zu den Solowezki-Inseln gäbe es geführte Touren, da könnten wir das Kloster besichtigen, die Holzhäuschen und die schöne Natur, und als wir ablehnten, fragte sie: But what for you came to Archangelsk?

Wir unternahmen nicht viel in Archangelsk, wir liefen dem Ufer der Dwina entlang und saßen abends in einer sogenannten Jazz-Bar, die uns empfohlen worden war. Außer uns war nur ein einziger Gast in dem dunklen Raum, der seinen Kopf auf den Tisch gelegt hatte und schlief, zwei blonde Serviererinnen schauten gelangweilt zu, wie Britney Spears im russischen MTV herumhüpfte.
Auf einem stillgelegten Schiff am Ufer der Dwina fand eine Party statt. Sechzigjährige Schweden tanzten mit sehr jungen, leichtbekleideten russischen Mädchen, sonst war nicht viel los. Wir tranken einen Wodka nach dem anderen und warfen die Gläser hinter uns ins Wasser. Auch der Barkeeper sagte, dass man nicht ans Weiße

Meer fahren könne, es sei militärisches Sperrgebiet. Die angetrunkenen Männer musterten uns, und wie um irgendwem, mir, diesen Männern oder auch nur sich selbst etwas zu beweisen, legte Leo mir die Arme um die Schultern und küsste mich kurz und heftig. Dann ließ sie mich los und sagte: Scheiße hier, lass uns gehen.
Am nächsten Tag aßen wir Blini in einem Einkaufscentercafé, in dem farbige Ballons von der Decke hingen. Ich kann diesen Pfannkuchenkram nicht mehr sehen, sagte Leo. Was willst du eigentlich von mir, fragte sie später, als wir am Ufer der Dwina entlanggingen. Ich sagte nichts. Die Sonne stand hinter dem Rauch der schwarzen Türme einer Fabrik am Horizont, das Wasser des Flusses erschien fast weiß in ihrem Licht.

Ella und ich fuhren nicht nach Archangelsk. Stattdessen flog ich nach Hause zur Beerdigung meines Großvaters. Als ich nach Manchester zurückkam, war das Gerüst verschwunden, die Hausfassade gestrichen und die Miete hochgesetzt. Ich sah die Frau nicht mehr, weder im Fenster noch sonst irgendwo. Auch den alten Mann sah ich nicht. Ella erzählte mir schließlich, dass er sich umgebracht hatte. Er habe sich abends unter sein Bett gelegt und sich mit einem alten Jagdgewehr eine Kugel durch den Kopf geschossen. Zuvor habe er sich den Kopf einbandagiert. Die Art seines Todes beschäftigte mich noch lange. Ella sagte, er habe dies wohl getan, um ein Blutbad zu vermeiden, deshalb habe er sich auch unter das Bett gelegt. Es habe auch niemand im Haus den Schuss gehört. Ella, die mehr mit den Leuten sprach als ich, sagte auch, der alte Mann habe außer einer Nichte

oder Großnichte, die in einem Vorort von Manchester lebe, keine Angehörigen in England. Sie habe sich überlegt, zur Beerdigung zu gehen, hätte sich dann aber doch anders entschieden.
Ich sah die Frau doch noch einmal, im Treppenhaus, aber ich wagte nicht, ihr in die Augen zu sehen. Sie war kleiner, als ich gedacht hatte, und trug einen hellbraunen Trenchcoat. Sie hatte keine Ähnlichkeit mit Leo.

An unserem letzten Abend in Archangelsk ging es Leo nicht gut, sie musste sich mehrfach übergeben. Nur widerwillig erzählte sie mir, dass sie von diesen roten giftigen Beeren gegessen hatte. Ich wollte einen Arzt rufen, doch sie winkte ab. Geh du nur raus, sagte sie, ich hab schon ganz andere Sachen überlebt. Ich setzte mich in das Restaurant im Hotel. Ich trug ein schwarz-weiß gepunktetes Kleid und hatte mir die Lippen rot geschminkt. Auf der Speisekarte standen die Gerichte auf Russisch und auf Französisch, ich bestellte etwas, was mir bekannt vorkam. Der Kellner brachte ein winziges Schälchen mit Shrimps in Cocktailsauce und sagte, eine übertriebene Geste mit der Hand vollführend, in umständlichem Französisch den Namen des Gerichts. Ich zeigte mit dem Finger auf drei andere Speisen auf der Karte, die der Kellner mit derselben Geste vor mich hinstellte, er hielt die eine Hand auf dem Rücken und vollzog mit der anderen eine Kreisbewegung. Ich hatte keinen Hunger. Ich bestellte Rotwein. Am Nebentisch saß eine Gruppe Franzosen, die mich unverhohlen anstarrten. Leo schlief, als ich zurückkam.
Wir fuhren mit dem Zug zurück über Sankt Petersburg

und Moskau weiter nach Warschau. Leo schlief die ganze Zeit oder sie stellte sich schlafend. In Warschau entschied sie sich, noch einige Tage zu bleiben, sie habe Verwandtschaft da. Ich fragte mich, weshalb sie nie etwas davon erzählt hatte, fragte mich, was ich überhaupt wusste über Leo.

Im Zug nach Berlin traf ich ein älteres Ehepaar, der weißhaarige Mann blickte aus dem Fenster auf die polnischen Wälder, die alte Frau hielt immer wieder seine Hand. Als die beiden mich auf Englisch fragten, wo der Speisewagen sei, meinte ich, ich wolle diesen ohnehin auch aufsuchen, da ich dringend einen Kaffee brauche. Im modernen Zugbistro tranken wir Filterkaffee. Die alten Leute lebten in Israel, wie sie erzählten, sie waren auf einer Tagung in Warschau gewesen und besuchten nun ihre Tochter und ihre Enkelkinder in Berlin. Als ich sagte, ich wäre in Archangelsk gewesen, konnte der Mann sein Erstaunen nicht verbergen und fragte mich: Weshalb fährt man denn heutzutage nach Archangelsk? Darauf wusste ich keine Antwort. Die alte Frau legte sanft die Hand auf die Hand des Mannes. Wir redeten über andere Dinge, über Polen und Deutschland, über die schöne Landschaft und über den Krieg, seit Ende des Krieges wäre er nicht mehr in Polen gewesen, erzählte der alte Mann, der ursprünglich aus Krakau stammte. Erst kurz vor Lichtenberg erfuhr ich, dass er sieben Jahre in einem sowjetischen Arbeitslager auf den Solowezki-Inseln bei Archangelsk verbracht hatte. Ich fragte genauer nach, doch der alte Mann meinte, er könne sich kaum an die Zeit erinnern, er habe alles vergessen, das Alter. Nein, im Grunde habe er dies alles schon viel früher vergessen.

Als der alte Mann das Abteil verließ, um zu rauchen, erzählte mir die Frau, ihr Ehemann habe im Arbeitslager seine ganze Lebensgeschichte auf die Rückseite von abgelösten Streichholzschachtelpapierchen notiert. Diese auf Tausenden von Streichholzschachtelpapierchen notierte Geschichte sei aber auf der folgenden Odyssee durch Russland und Polen und Deutschland verloren gegangen. Zum Glück, vielleicht, sagte die Frau und nickte langsam. In Lichtenberg blieben die alten Leute erst etwas verunsichert auf dem sich leerenden Bahnsteig stehen, bis sie von Kindern und Enkeln begrüßt und umarmt wurden, die ihnen die schweren Koffer abnahmen.

Vielleicht gibt es von allen Menschen zwei, sagte ich, mehr zu mir selber als zu Ella. Wir saßen nicht mehr auf dem Gerüst, sondern am Küchentisch. Einer legt sich unter sein Bett und erschießt sich, und der andere schreibt seine Geschichte auf hunderttausend Streichholzschachtelzettelchen und verliert sie dann auf der Reise.
Wovon redest du, fragte Ella, was für eine Geschichte? Nicht so wichtig, antwortete ich. Hast du eigentlich ein Foto deiner Eltern in Archangelsk, fragte ich, um sie abzulenken. Nein, meinte Ella. Ehrlich gesagt, fügte sie hinzu, ich weiß noch nicht einmal, ob meine Eltern je in Archangelsk waren. Wahrscheinlich ist dies auch nur so eine Geschichte, die meine Mutter erzählte, eine der vielen Geschichten um meinen Vater, den ich nicht kennengelernt habe, da er meine Mutter kurz nach meiner Geburt verlassen hat.

Das einzige Foto von Leo, das ich besitze, habe ich in Archangelsk gemacht. Sie trägt das gepunktete Kleid von mir, steht vor einer Datscha und pflückt giftige rote Beeren von einem Baum. Ich musste sie lange überreden, dieses Kleid anzuziehen. Leo sieht aus wie ein verkleideter Junge auf dem Foto. Sie sieht aus wie mein Bruder, als er noch jünger war und schmal wie ein Mädchen.

Schnee

Ich sitze im Speisewagen, der im Gegensatz zu den überfüllten Abteilen halbleer ist, und trinke wässrigen Filterkaffee, vorüberziehendes Weiß hinter zerkratzten Scheiben. Gehört habe ich es längst, aber natürlich sage ich dies Sarah nicht, als ich sie anrufe. Ich wollte nur fragen, wie es dir geht, sage ich. Und: Lange nichts gehört. Sarah müsste es eigentlich auffallen, doch Sarah bemerkt gar nichts, Sarah sagt tatsächlich: Ach, komisch, dass du gerade jetzt anrufst. Ihre Stimme klingt seltsam weich. Wie um die Sache auf die Spitze zu treiben, sage ich: Neulich habe ich von dir geträumt. Ach, sagt Sarah, und dann erzählt sie es mir. Ich reagiere erstaunt, aber nicht entsetzt; in meiner Stimme kein Anzeichen davon, dass ich es längst weiß, kein Räuspern, kein kratzendes Geräusch, und das nervöse Zucken meines linken Augenlides bemerkt Sarah nicht, da sie mich nicht sehen kann, da sie weit weg ist, in der anderen Stadt. Meine etwas vorschnelle Freude und mein übertriebenes Erstaunen machen Sarah nicht misstrauisch. Die geheuchelte überdeckt die tatsächliche Freude, ich freue mich nämlich wirklich, wer hätte das gedacht. Sarah zumindest nicht. Ich bin so erleichtert, sagt sie nun, du glaubst es nicht, ich hatte Angst, es dir zu sagen, Angst, es würde etwas verändern zwischen uns.

Ich frage mich, wann es angefangen hat. Ich sitze im Speisewagen, und alles ist wie immer. Außer dass das

Rauchen im Speisewagen neuerdings verboten ist. Die wenigen anderen Leute essen zu zweit an den Tischchen, ich überlege, auch etwas zu bestellen, eine Tomatencrèmesuppe oder einen Salat, da mein Kaffee bereits leer ist. Ich lausche dem Gespräch des Paares vor mir, sie isst einen Salat mit Räucherlachs, er ein Schnitzel mit Reis, beide sind gut gekleidet und wahrscheinlich geschäftlich unterwegs. Sie sind kaum älter als ich, aber ich könnte mir nie vorstellen, mit jemandem so im Speisewagen zu sitzen, komischerweise denke ich an Lars, nicht an Robert. Nur mit Sarah saß ich immer im Speisewagen, die wenigen Male, wenn wir zusammen von der einen Stadt in die andere fuhren, mit Sarah konnte ich Stunden im Speisewagen verbringen, auch ohne etwas zu essen. Obwohl noch weitere Tische frei sind, werde ich nervös und setze mich in den hinteren Teil des Speisewagens, in das sogenannte Bistro. Ich weiß nicht, wann es angefangen hat, werde ich Sarah sagen, ich weiß es nicht.

Ich weiß natürlich sehr genau, wann es angefangen hat. Es war ein heller Sommertag, Sarah und ich gingen spazieren im Park und sprachen über den Winter. Ich erzählte die Geschichte von der Frau, die einmal Schneebälle an die Fenster der Bar, in der ich arbeitete, geworfen hatte. Es war der neunzehnte Dezember, ein Winterabend, in die Bar hatten sich nur einige Stammgäste verirrt, es lief *Famous Blue Raincoat* von Leonard Cohen. Der alte Sevcik trank Leitungswasser, da ich ihm kein Bier mehr gab, und redete mit sich selbst. Die Gebirge sind gegen die Menschen, deklamierte er, die Methoden des Grauens, die Grausamkeit des in die Gehirne der Menschen vorrückenden Gesteins. Der Platz vor den großen Fenstern der Bar war zugeschneit, weiß wie ein Schlittschuhfeld; hellleuchtender Schnee lag schwer auf den Ästen der Tannen. Die Frau stand mitten auf dem Platz im Licht der Laternen, in einem dunkelgrünen Wintermantel, die langen roten Haare schauten unter der Mütze hervor. An der Hand hielt sie die beiden Kinder. Drinnen lehnte der Vater der Kinder am Tresen, der diese, wie jeden Mittwoch, in die Bar gebracht hatte, wo die Frau sie abholte. Meist verlief die Kinderübergabe schweigend. Der Vater hob die Kinder auf die hohen Barhocker, bestellte ein Bier und zwei Limonaden. Die Kinder streckten ihre Hälse und tranken die farbige Flüssigkeit durch die langen Trinkhalme. Er trank ein Bier und das nächste. Die Frau kam immer etwas später, nahm den Barhocker auf der anderen Seite der Kinder und bestellte ein Mineralwasser, das sie nicht austrank. Die Kinder begannen zu schreien, weil das Kind, das seine Limonade schon ausgetrunken hatte, die Limonade des anderen umgestoßen hatte. Ich füllte zwei neue Gläser, doch die Frau sagte: Wir wollten sowieso gehen. Der Mann sah die Frau an, die Frau sagte nichts, und ich sagte, es ist schon okay. Der Mann bestellte ein weiteres Bier. Lasset die Kinderlein zu mir kommen, predigte der alte Sevcik vor sich hin. Die Frau fasste die Kinder um den Bauch, hob sie von den Barhockern und stellte sie auf den Boden, das größere Kind heulte, weil es den Trinkhalm behalten wollte. Das kleinere Kind wollte nichts. Die Frau bezahlte ihr Mineralwasser und verließ mit den Kindern die Bar.

Denn ihrer ist das Himmelreich, sagte Sevcik noch und verstummte. Die Frau stand nun draußen auf dem verschneiten Platz, mit leuchtend roten Haaren, schneeumweht, an der Hand die Kinder in Wintermäntelchen wie zwei Zwerge. Plötzlich ließ sie die Kinderhände fallen und begann, Schneebälle an die großen Fenster der Bar zu werfen. Der Aufprall klang dumpf. Dann war es still. An den Scheiben klebten weiße Schneeflecken.

Ich sitze vor meiner leeren Kaffeetasse. Außer mir gibt es nur Männer im sogenannten Bistro; eng aneinandergedrängt auf den rosa Bänken trinken sie Bier oder Kaffee. Sie betrachten mich nur, wenn ich den Blick in mein Buch gesenkt habe. Ich überlege, auch ein Bier zu bestellen, aber ohne zu rauchen, verspüre ich keine Lust auf Bier, außerdem ist erst Mittag. An den Wänden hängen gerahmte Plakate mit den Angeboten: Kaffee und ein Stück Pflaumenstreuselkuchen oder Fleischkäse im Brötchen und ein Getränk nach Wahl. Bahnmasten zerhacken rhythmisch den Blick auf das weiße Land. Die kahlen Äste der Bäume verlieren sich am äußersten Rand des Sichtfeldes in ein wirres Gekritzel. Erst als der Zug die Richtung wechselt, werde ich nervös, obwohl die Sitze im Bistro seitwärts angeordnet sind und man weder vorwärts noch rückwärts fährt. Nur die Seite ändert sich.

Sarah und ich saßen im Park auf den Schaukeln auf dem Hügel, der schwindlig blaue Himmel über uns, und ich sagte: Wäre schön, wenn jetzt Winter wäre. Spinnst du?, meinte Sarah und kickte mit den nackten Zehen

Kieselsteine weg. Ich dachte an den im Licht der Straßenlaternen schimmernden schneebedeckten Platz, an die weißbeladenen Tannen und die an den Fensterscheiben zerberstenden Schneebälle. Ich hätte nur gern den kühlen Kopf eines Winterabends gehabt, schneeweiße Gedanken und dieses Gefühl, das früher benennbar gewesen war. Aber es war Sommer, und die Sonne war hell, dass es die müden Augen blendete. Es war über dreißig Grad warm, das Gras im Park war längst gelb und plattgetreten, an einigen Stellen bestand der Boden nur noch aus braunem Staub. Pärchen lagen aneinandergeschmiegt auf farbig bedruckten Tüchern, Kinder und Hunde rannten um sie herum, Rauch und der Geruch von Spiritus lag in der Luft, einige Leute spielten Federball, jemand klimperte auf einer Gitarre herum und andere sangen falsch dazu, die Dealer gingen ihren Geschäften nach. Die Trommler waren glücklicherweise für kurze Zeit verstummt. Hinter den pastellfarbenen Altbaureihen und der Bahnschneise türmten sich gläserne Neubauten. Sarah wandte sich mir zu und knüpfte mir ein rotes Band, das sie auf dem Boden gefunden hatte, um das Handgelenk. Das Band sah etwas eklig aus. Wünsch dir was, sagte sie. Ich lachte. Kinderkram, dachte ich, Sarah machte so was oft, aus heiterem Himmel. Sarah blickte mich an. Du musst es in den Knoten hineinwünschen, sagte sie, erst wenn das Band abfällt, geht der Wunsch in Erfüllung. Sarahs Augen waren ganz hell, grau mit einigen dunklen Sprenkeln, die darin schwammen. Ich dachte nur einen Moment daran, dass man sich immer das Falsche wünscht, doch Sarah merkte nichts, sie hatte sich mit den nackten Füßen vom staubigen Boden abgestoßen und flog auf der quietschenden Schaukel dem Himmel oder der Neubausiedlung hinter der Bahnschneise entgegen.

Ich bleibe im Speisewagen sitzen, obwohl sich der Zug geleert hat und es wieder freie Plätze gibt. Auf bewaldete Hügel folgen weite Felder, auf denen dreiflüglige Windräder stehen, die Rotoren drehen sich nicht. Ich kenne die Nervosität von früher, doch damals hatte sie einen Grund. Mein Bruder und ich warteten im Zug auf unseren Vater, der vor der Abfahrt noch schnell eine Zeitung oder ein Getränk oder Schokolade kaufen wollte. Der Zug war bereits angefahren, als er trotzdem noch auftauchte; er war in den letzten Wagen eingestiegen und lachte. Wir fuhren durch die gebirgige Landschaft und schoben große Schokoladenstücke in unsere Münder, als könnten wir so die Angst auslöschen, die während der ganzen Fahrt nicht verging.
Die Frau mit der orangefarbenen Schürze hat die Kaffeetasse längst weggeräumt. Seit man nicht mehr rauchen kann, wird der Speisewagen ohnehin kaum noch frequentiert. Wahrscheinlich werden sie den Alkohol auch bald abschaffen. Mir gegenüber sitzen zwei Männer in dunklen Anzügen, sie essen Leberkäse mit Kartoffeln und haben ihre Laptops neben den Tellern aufgeklappt. Ich bestelle nun doch ein Bier.

Es war nicht die Nacht, sondern der Morgen. Ich hatte ihn getroffen, ich hatte zweimal den Nachtbus verpasst, war wieder umgekehrt, und schließlich gab es keinen Nachtbus mehr, und ich hatte zu wenig Geld für ein

Taxi. Es war nicht die Nacht, sondern der Morgen, der mich erschütterte. Obwohl wir im selben Bett schliefen, für einmal, was nicht viel zu bedeuten hat. Obwohl mein Gesicht etwas zu nah an seinem Nacken lag, so dass mein Atem die feinen Härchen berührte, und er einmal versehentlich die Stelle an meinem Oberschenkel streifte, wo die Haut ganz weich ist, einen Moment zu lange, bevor er seine Hand zurückzog. Obwohl ich nur vorgab zu schlafen und wusste, dass auch er wach lag. Es war längst hell, aber die Vorhänge ließen nur schmale Lichtstreifen ins Zimmer. Ich schlug ein Buch auf, das neben dem Kissen lag. Ich kann dir vorlesen, sagte er, vielleicht kannst du noch mal einschlafen. Er suchte einen Band aus den Büchern, die neben dem Bett lagen, und begann zu lesen: Wir haben uns nur unter dem Schutze unserer in der Kindheit sehr großen Vergesslichkeit der Natur unter Bäume, unter Erker und Dachvorsprünge getraut ... Er las mit ruhiger, leicht heiserer Stimme, blätterte einige Seiten und las dann weiter: Schon als Kinder hatte uns das Öffnen von Türen und Fenstern Gleichgewichtsstörungen, Kopfschmerzen und Ohnmacht verursacht ... später war uns das oft beim Umblättern einer Bücherseite geschehen ...

Ich schlief natürlich nicht ein, wie sollte ich einschlafen, und während er las, bemerkte ich zum ersten Mal, dass sich etwas verschoben hatte. Dann stand er auf, machte das Radio an. Und alles war wieder normal, außer dass ich in der U-Bahn ohne Fahrausweis erwischt wurde und deshalb zu spät im Park ankam, wo Sarah auf mich wartete.

Ich sitze als einzige Passagierin immer noch im Speisewagen. Durch den violettgrauen Himmel über den Fabriken bricht die Sonne, und der Horizont wird weit. Die Serviceangestellte wischt noch einmal über die Tische und schließt den Rollladen der Bar.
Ich sitze im Speisewagen, als wäre alles wie immer. Als würde ich einmal mehr in die andere Stadt fliehen. Dabei ist diesmal alles anders.
Angekommen, kaufe ich an einem Dönerstand zwei Bier, wie früher, und denke erst zu spät daran, dass nichts mehr ist wie früher. So packe ich ein Bier in den Rucksack und trinke das andere in schnellen Schlucken, bevor mir Sarah mit dem Fahrrad über die Brücke entgegenkommt. Sarah umarmt mich, ohne vom Rad zu steigen, wobei ich mich etwas niederbeuge, sie ist klein und sieht blass und durchsichtig aus, wie früher.
Wir finden ein Café mit rostrot gemalten Wänden, an denen mit vergilbtem Stoff bezogene Lämpchen hängen. Draußen der kalte Abend, die Straßen waren leer, nur vor dem gegenüberliegenden türkischen Supermarkt bilden sich Trauben von einkaufenden Menschen. Sarah sitzt mir gegenüber, sie trägt einen grauen Wollpullover und eine olivgrüne Hose. Ihr Gesicht im Licht der Kerze wirkt ruhig, fast feierlich. Sarahs Gesicht, das zugleich mädchenhaft und alterslos aussehen kann, erinnert mich immer an ein mittelalterliches Gemälde; das Bildnis eines Mädchens von Petrus Christus, ein Gesicht mit hohen Wangenknochen und leichtem Silberblick. Das Mädchen trägt eine hohe schwarze Haube, welche die Haare verdeckt, einen blauen Umhang und ein goldenes Collier um den schmalen langen Hals. Ich bestelle ein

Glas Rotwein. Es wäre eigentlich alles wie immer, obwohl Sarah Rooibostee bestellt. Wie es immer war, seit dem Abend, als wir uns wiedertrafen in der Stadt.

Ich hatte sie angerufen, Sarahs Stimme klang ungewohnt am Telefon, sie schien den Dialekt schon nach kurzer Zeit vergessen zu haben. Es regnete, die Menschen trugen Schirme oder liefen unter der Hochbahn. Sarah stand auf der anderen Straßenseite und winkte. Sie trug eine schwarze Regenjacke, deren Kapuze sie tief in die Stirn gezogen hatte, deshalb hatte ich sie erst nicht erkannt. Ich war wieder überrascht, wie klein sie war. Gut, dass du da bist, sagte sie, wir müssen gleich irgendwo reingehen. In der Bar schälte Sarah sich aus ihren Jacken und Pullovern und strich sich die Haare aus der Stirn. Wir warfen Münzen in die Jukebox neben der Tür und hörten die Smiths. Take me out tonight, because I want to see people, I want to see life. Sarah sagte: Die Stadt ist das Schlimmste. Nirgendwo bist du einsamer. Dies hat sich auch in den eineinhalb Jahren, seit ich hier wohne, kaum geändert. Und irgendwann merkst du, dass gerade die Einsamkeit notwendig ist.
Wollen wir Freundinnen sein?, fragte Sarah später. Ich konnte mich nicht erinnern, dass mir jemand, seit ich nicht mehr fünf Jahre alt war, eine ähnliche Frage gestellt hatte. And if a double-decker bus crashes into us, to die by your side, well, the pleasure – the privilege is mine.
Sarah hatte ich im Lateinkurs kennengelernt. Sie war mir schon anfangs aufgefallen, sie hatte sich den Platz ganz hinten links ausgesucht, ich saß hinten rechts. Ich

merkte, dass Sarah, wie ich, die vorderen Studierenden abzählte, um zu wissen, bei welchem Satz sie mit Übersetzen an der Reihe war. Einmal fing sie mich in der Pause ab, auf dem Weg zu den Kaffeeautomaten im anderen Universitätsgebäude. Weshalb hat er sich umgedreht?, fragte sie. Ich begriff erst nicht, dann fiel mir ein, dass ich in der vorangegangenen Stunde die Geschichte von Orpheus und Eurydike erzählt hatte, um von meinen fehlenden Lateinkenntnissen abzulenken. Ach, sagte ich, weil er ungeduldig war, aus Angst oder aus Liebe, das ist schwer zu sagen. Sarah blickte mir in die Augen. Sie war kleiner als ich und schaute zu mir hoch, was ihrem Blick etwas Eindringliches verlieh. Bist du sicher?, fragte sie. Ich warf eine Münze in den Kaffeeautomaten und drückte den Cappuccino-Knopf. Sarah trank den Kaffee schwarz. Aus Liebe blickte er sich um, sagte ich. Gleichzeitig aber liebte er sie zu wenig, um ihr bedingungslos zu vertrauen. Aus Liebe und aus fehlender Liebe also. So, meinte Sarah, Liebe. Dann gibt es natürlich andere Theorien, fuhr ich fort, Orpheus ist der Künstler, und Eurydike wäre das Wesen der Kunst, das im Angesicht des Tages schon wieder verloren ist. Sarah hatte ihren Kaffee schon ausgetrunken und ließ den Becher achtlos auf den Boden fallen. Ich bin übrigens Sarah, sagte sie übergangslos und streckte mir die Hand hin. Ich weiß, sagte ich und nannte meinen Namen. Danach setzte ich mich neben Sarah. Sarah schmiss jedoch kurz darauf das Studium und zog weg, in die größere Stadt.

Sarah streicht sich mit der flachen Hand über ihren Bauch, den man unter dem grobgestrickten Pullover nicht sehen kann. Ihr Bauch unter dem Pullover ist bestimmt immer noch flach wie ehedem, flach und weiß, mit einem leicht herausstehenden Bauchnabel, denke ich, wie ein Knopf, den man drücken kann, und es passiert etwas, so dachte ich, als ich Sarahs Bauch zum ersten Mal sah. Aber es passiert nichts, Sarah sagt nur, sie hätte ihre Wohnung aufgegeben und sei zu Lars gezogen. Sie blickt mich an, halb fragend, halb entschuldigend. Das macht am meisten Sinn jetzt, sagt sie. Ich warte darauf, dass sie noch mehr sagt, dass alles schlimm ist oder dass sie jetzt meine Hilfe brauche, aber Sarah sagt nichts dergleichen. Ihr Gesicht bleibt regungslos, wie das des Mädchens auf dem Bildnis von Petrus Christus, mit sorgfältig modellierter Alabasterhaut, die sich beinahe durchsichtig über die Wangenknochen spannt.

Sarah besuchte mich alle paar Monate in der kleinen Stadt. Nur einmal brachte sie ihn mit. Ich fand ihn erst nicht besonders sympathisch, das ist Lars, sagte Sarah, als er hinter ihr in der Wohnungstür stand. Er sah normal aus, blond, unscheinbar und jungenhaft. Ich hatte nur mit Sarah gerechnet; ich hatte mein Zimmer nicht aufgeräumt, und die Fotos von Russland lagen ausgebreitet auf dem Küchentisch, die ich nun sofort wegräumte, als wäre es pornographisches Material. Ich habe viel von dir gehört, sagte er, was ich von ihm nicht sagen konnte. Er sprach schnell, abgehackt, in der Intonation von Fragesätzen, auf die er jedoch nie eine Antwort erwartete. Ich fragte mich, was Sarah an ihm gefiel. Ich fragte mich, über was sie sprachen, wenn sie alleine waren, ob sie überhaupt miteinander sprachen. Wir redeten über Politik. Lars musterte mich zuweilen, wie eine seltene Tierart. Aber vielleicht kam mir dies auch nur so vor, und ich war es, die ihn beobachtete. Ich war beinahe froh, als er am nächsten Tag weiterfuhr und Sarah alleine noch ein paar Tage blieb.

Abend für Abend saß sie am Tresen der Bar, in der ich arbeitete. Ich stellte ihr ein Getränk hin, es machte ihr nichts aus, dass ich meist keine Zeit dazu hatte, mich mit ihr zu unterhalten. Sie las in einem dicken, zerfledderten Buch, das irgendwie esoterisch aussah, einem Science-Fiction-Roman oder etwas Ähnlichem. Selten sprach sie mit den anderen Gästen oder anderen Freunden, die vorbeischauten. Wo ist Jeanne?, fragte der alte Sevcik, wenn sie wieder weg war, Sarah, so sagte er, sähe genauso aus wie Jeanne d'Arc, mit diesen breiten Wangenknochen und dem halblangen Pagenschnitt, wie ein Helm. Ich fragte, ob er diesen alten Schwarzweißfilm meinte, der immer wieder das Gesicht der leidenden Jeanne d'Arc in Nahaufnahme zeigt; ein Gesicht, dem kein Schmerz etwas anhaben kann. Ich rede von Jeanne d'Arc, entgegnete Sevcik entrüstet, ich rede von Jeanne d'Arc, der Befreierin Frankreichs, und du fragst nach einem Film! Elle portait que des vêtements d'hommes, sagte Sevcik, mais elle était la plus belle de toutes les filles, ich war überrascht, wie gut er französich sprach, wusste aber nicht, ob er Jeanne d'Arc oder Sarah meinte. Elle n'avait qu'une seule robe en rouge et elle était la plus belle.

Die Kellnerin bringt die Getränke. Das Weinglas ist so voll, dass sich auf der roten Serviette ein Rand in dunklerem Rot um den Fuß des Glases bildet. Sarah sitzt mir gegenüber mit diesem Bauch, dem man noch gar nichts anmerken kann, und ich überlege, ob man mir wohl etwas anmerken kann. Wenn ich nichts sage, wird sich auch nichts ändern. Sarah wird das Kind bekommen, und ich werde mich freuen, vielleicht wird sie mich sogar fragen, ob ich Patentante werden wolle.
Das Mädchen auf dem Bild von Petrus Christus lächelt nicht, sondern schaut konzentriert gleichzeitig auf den Betrachter und etwas nach links an ihm vorbei. Es ist nicht so, wie du denkst, sage ich. Was weiß ich schon, was Sarah denken könnte.

Ich traf ihn wieder nach der Trennung von Robert. Als ich dachte, es geht nicht mehr, weil ich überall fürchtete, ich könnte Robert sehen. Wenn ich ihn sah, war es nicht gut, wenn ich ihn nicht sah, war es schlimmer. Also entschied ich: Fliehen, die Stadt verlassen. S'enfuir, sans se retourner. S'enfuir, quitter la ville dans un pas unique.
Sarah war nicht in der Stadt, sie verbrachte ein Auslandssemester in den USA. Sie und Lars hatten sich getrennt. Wir sind immer noch befreundet, meinte Sarah am Telefon, ihre Stimme klang nah, obwohl ein Ozean dazwischen lag, eigentlich hat sich nichts verändert, sagte Sarah, es ist komisch, wie wenig sich verändert. Sarah hatte sogar vorgeschlagen, ich könne bei ihm wohnen. Sarah dachte sich nichts dabei. Ich entschied mich, ein Hotelzimmer zu nehmen.

Das eher schäbige Hotel lag im Osten der Stadt. Das Fenster zum Hinterhof war vergittert, ich glaubte mich im Gefängnis, im Kloster oder in der geschlossenen Abteilung einer Psychiatrischen Anstalt. Nachts lauschte ich auf das Knarren über mir, ein Geräusch, als würde jemand die Möbel verschieben. Tagsüber lief ich von den grauen Häusern und Würstchenbuden zum jüdischen Friedhof, mit jahrhundertalten Bäumen und efeuüberwachsenen Grabsteinen. Ich lief durch die Stadt, von einem Stadtteil zum nächsten, durch Plattenbausiedlungen und prunkvolle Alleen, durch Einkaufsstraßen und den Park mit dem riesigen Sowjetdenkmal für die gefallenen Soldaten im Kampf gegen den Faschismus. Es wurde nicht besser. Dennoch war ich froh, dass es tausend Fenster gab in der nächtlich dunklen Stadt und doch keines, an dem ich vorbeigehen musste, jeden Abend, um zu sehen, ob es hell war.

Nach einigen Tagen glaubte ich, wahnsinnig zu werden, allein schon weil ich tagelang mit niemandem gesprochen hatte, außer mit einer Kioskfrau, bei der ich Zigaretten kaufte. Deshalb rief ich ihn an. Er war krank. Ich war auch krank, jedenfalls fühlte ich mich so, ich lag auf dem Sofa und lernte die Buchtitel auswendig, wie ich dies als Kind getan hatte, wenn ich krank war, *Siebenkäs, Die Fackel im Ohr, Örtlich betäubt, Die Schwierigen* oder *Die Schlafwandler* hießen die Bücher früher, aus ihnen setzten sich die Fieberträume zusammen. Die Eltern hatten sie aussortiert, weil sie sie längst gelesen hatten oder nicht mehr lesen wollten. Heute waren es andere Bücher. Ich dachte mir Tag um Tag Gespräche aus, um dann abends die ausgedachten Sätze nicht auszusprechen.

Manchmal sagte er *Hallo*, im anderen Raum, und ich antwortete: Hallo. Was machst du denn?, fragte er. Und ich: Ich versuche, zu lesen oder zu schlafen. Bis ich merkte, dass seine Fragen nicht auf meine Antworten passten, weil er weiterfragte, bevor ich zu Ende geantwortet hatte, oder Antwort gab auf nicht gestellte Fragen. Und schließlich begriff ich, dass er gar nicht mich meinte, sondern mit Sarah telefonierte oder mit jemand anderem. Sonst die Sportschau, ein Krimi, Wahlen in Schleswig-Holstein. Wir sprachen nicht über Schall und Wahn, über erstickte Worte, Verstörung und das Salz der Erde.
Dann fuhr ich nach Hause, saß im Speisewagen und rauchte, damals durfte man noch rauchen im Speisewagen, nach der Grenze, in den unheimlich farbigen Abteilen erhob sich das graue Land vor meinen Augen, der Himmel war nicht mehr zu sehen.

Ich weiß nicht, wann es angefangen hat, sage ich. Sarahs Gesicht lässt weder Trauer noch Wut erkennen. Ihre rotblonden Haare sind gewachsen und aus der Stirn gekämmt, was ihr noch mehr das Antlitz des Mädchens auf dem Bild von Petrus Christus verleiht. Ich hatte das Bild in der Gemäldegalerie in Dahlem gesehen und dann sah ich es wieder, in einem Fenster der Wiener Straße, im ersten Stock. Durch die Fensterscheibe erschien der Blick des Mädchens gebrochen. Ich schließe die Augen leicht, um Sarahs Gesicht, die ebenmäßig alterslosen Züge des Mädchenbildnisses, verschwimmen zu lassen zu einem hellen Fleck.

Das ist das, dachte ich. Nicht enttäuscht, eher feststellend und vielleicht etwas erstaunt. Es ist immer anders, als man es sich denkt. Lars lag mit dem Rücken zu mir gekehrt, ich blickte über die feinen Härchen seines Nackens durch das Fenster auf den Schatten, den der Baum auf die Brandmauer des gegenüberliegenden Hauses warf. Ich konnte nicht wirklich glauben, dass ich es war, die da lag, eng an diesen Körper geschmiegt, der mir fremder erschien als je zuvor, doch noch viel fremder schien mir mein eigener weißer Leib. Mit dem Handrücken strich ich über seinen Rücken, auf dem sich einige dunkle Punkte ausbreiteten, wie ein Schwarm Fliegen, die ich mit den Fingern zerdrücken könnte. Ich dachte daran, wie Robert und ich auf der kleinen Mauer am Straßenrand gesessen hatten, neben diesem Zigarettenautomaten, und Robert sagte, es geht nicht mehr, und ich nichts sagte und nicht weinte, sondern Geld in den Zigarettenautomaten warf. Robert sagte: Der ist kaputt, das weißt du doch, und ich kickte zweimal mit dem Fuß gegen den Automaten, worauf nichts geschah.

Wenn man die Augenlider leicht schließt, scheint alles zu verschwimmen im Weiß. Ich sitze im Speisewagen, der Schnee hinter den Fenstern, das Licht hinter den Lidern. Ich würde nichts sagen. Ich würde vielleicht sagen: Sarah, kannst du dich erinnern, wie wir damals im Park vom Winter sprachen. Als ich die Geschichte von der Frau erzählte, die einmal Schneebälle an die Fenster der Bar geworfen hatte. Und du hast mir dieses rote Band um das Handgelenk gebunden. Was hast du dir damals eigentlich gewünscht?, würde Sarah fragen. Willst du das wirklich wissen?, würde ich fragen und nur leicht erröten. Sarah würde mich anschauen und sagen: Nein. Wünsche sollte man nie verraten.

Morgen ist schon wieder heute

Oh Morden, Schreien, Wut steige
wie eines Mondes Trug; horchet,
dem Regen rot. Oh, nie wusste ich
gut, ohne wessen Tod. Reiche mir
dein Ohr, Wegemeister, such Not,
wo deines ruhmreichen Gottes
Schein. Ohne Mut der Worte Sieg,
euer Gott schwinde, oh, ins Meer.
So sehe Todgeruch, mein Winter,
weih es um Nordschein; Goetter
wisset, euer Donner mit hochge-
dichteten Wogen, so ruhe es, mir
ist doch euer Tosen wenig mehr:
Greise hinter Musen, wo Dochte
schienen, wo Geisterhort mued
im Chor den Ton giesst. Weh, euer
Odem ist Suehne; Richter wogen
Suechte, Weisheit, Drogen, Norm,
so Dichter Sterne wiegen. Oh, um
Tode ruh ich, wie Omen Gesterns.
So wieg mich, rette uns, oh deren
Wortes Segen ich hoert, du mein
Echo. Sieh, wie du sternt Morgen.

Nachdem meine Katze gestorben war, zog auch Jonas aus. Höchstwahrscheinlich bestand jedoch kein Zusammenhang zwischen dem Tod der Katze und Jonas' Auszug. Jonas war mein Bruder. Die Katze war ein Kater gewesen, groß und flauschig, getigert, mit drei weißen Pfoten. Der Kater wartete immer auf der Fußmatte vor der Wohnungstür der jugoslawischen Familie, die unter mir wohnte, bis jemand nach Hause kam. Vor meiner Tür wartete er nie, auch nicht, nachdem ich mir auch einen Türvorleger gekauft hatte. Der Kater hieß Bumbar, seit die Nachbarsfamilie ihn so getauft hatte. Ich hatte nichts dagegen einzuwenden. Bumbar hieß Hummel auf Serbokroatisch und klang wie Bomber, was auch den Kindern in der Siedlung großen Eindruck machte.

Ich war nicht zu Hause an dem Abend, an dem die Katze überfahren wurde. Vor dem Umbau des Restaurants, in dem ich zwei Jahre gearbeitet hatte, fand eine Abschlussparty statt. Ich war froh, dass ich endlich einen Grund hatte, mir eine neue Arbeit zu suchen. Anna und die anderen Kellnerinnen tanzten auf dem Tresen, sogar der böse Koch tanzte und der kleine Koch auch, nur der schöne Koch zierte sich. Ich weigerte mich erst, doch Anna drückte mir einen Drink in die Hand und zog mich auf den Tresen. Ich fragte mich nur kurz, warum Jonas nicht da war. Dann behauptete Anna, einer hätte mit einer Handykamera nach oben fotografiert, unter die Röcke der Frauen, die auf dem Tresen tanzten. Sie zeigte auf ihn, wobei sie nicht ganz sicher war, ob er es war oder doch der, der neben ihm stand. Der Mann war blond und eher bullig, sein Gesicht erinnerte mich an jemanden. Ich kenne den, sagte Anna, das ist so ein Künstler. Anna kannte so ziemlich alle in der Stadt. Ich wette, der findet das irgendwie verrückt und verkauft es dann als Kunst. Ich dachte an die Strümpfe, an die nackte Haut, da wo die Unterhosen aufhören, ich stellte mir großformatige Silberprints in einer Galerie vor. Ich selber trug Jeans. Bist du sicher, dass der es war?, fragte ich Anna. Warum haust du ihm nicht eins in die Fresse, sagte ich dann. Es war nicht so, dass ich dies nicht ernst meinte, aber ich hätte auch nicht gedacht, dass Anna, die sehr zierlich und zurückhaltend war, von dem sich auf Brusthöhe befindlichen Tresen dem Künstler tatsächlich ihren spitzen Stiefel ins Gesicht rammen würde. Dieser taumelte nach hinten. Anna verlor kurz das Gleichgewicht und hielt sich an mir fest, wir wären beinahe über die Bierstation gestürzt. Der schöne Koch machte die Musik aus. Er kannte den Künstler, wir konnten ihn nur schwer davon abhalten, die Polizei oder einen Krankenwagen zu holen. Anna sagte, sie sei ausgerutscht. Die Nase des Künstlers blutete stark, aber er gab sich tapfer, nahm die Servietten, die ich ihm hinstreckte, und sagte: Sie ist wahrscheinlich nicht gebrochen. Als er auf die Toilette ging, um sich das Blut abzuwaschen, sagte Anna, sie sei sich nicht sicher, ob es nicht doch der andere gewesen war. Doch dieser war nicht mehr zu sehen.

Die Party ging weiter, ich saß auf der Fensterbank und fragte mich, wo Anna blieb, als der Künstler sich neben mich setzte. Er musterte mich und sagte: Das habt ihr absichtlich gemacht! Ich antwortete nicht. Ich überlegte, ob Anna einfach nach Hause gegangen war, ohne sich zu verabschieden, wie sie es manchmal tat, wenn sie zu betrunken war oder ihr eine Situation über den Kopf zu wachsen drohte. Der Künstler zündete sich eine Zigarette an: Das war Absicht, ich bin mir sicher, wiederholte er dann. In seiner Stimme schwang Bewunderung mit. Der Tresen war nass, sagte ich. Jetzt fiel mir ein, an wen er mich erinnerte. Er sah aus wie dieser französische Schauspieler, der mit dem schrecklich kitschigen Film namens *Les Amants du Pont Neuf* berühmt wurde und der mit zwanzig Jahren schon ein sehr altes zerfurchtes Gesicht hatte, aber den Körper eines Tänzers und die Hände eines Taschenspielers; zuletzt sah ich ihn im Kino als Fremdenlegionär in der Hitze der Wüste von Djibouti. Der Künstler fragte: Kennen wir uns nicht irgendwoher?, und nannte mir seinen Namen. Nein, sagte ich.

Er wohnte im Hinterzimmer einer Fabrikhalle, die als Gemeinschaftsatelier diente, auf der anderen Seite des Flusses. Um diese Zeit war niemand da. In der kleinen Kochnische spülte der Künstler zwei Gläser aus, auf deren Boden sich eine weiße, pelzige Schicht gebildet hatte, goss einen eher billig aussehenden Whiskey ein und reichte mir eines. Ich fand ein weiteres Glas, das ich mit Wasser füllte. Im kleinen Raum standen mehrere Objekte, die aussahen wie menschliche Organe oder Ähnliches und deren Oberfläche mit weißen Daunen beklebt war. Ich sah keinen Grund, ihn zu fragen, was die Objekte darstellten. Durch das Fenster konnte man das schwarze Wasser des Flusses sehen.
Unter dem Fenster lag ein Haufen Bücher, ich nahm eines in die Hand, es war aufgequollen, die Seiten klebten

aneinander. Das war der letzte Regen, sagte der Künstler, die Bücher sind Backsteine geworden, ich könnte die Fenster damit zumauern, vielleicht könnte ich dann einmal wieder schlafen, ich habe seit Tagen nicht mehr geschlafen, sagte er.
Das Bett war die einzige Sitzgelegenheit, wir hatten eine Decke um uns gelegt, da es kalt war. Der Whiskey brannte vom Rachen hinauf bis in die Nasennebenhöhlen. Im Fernsehen kam die Wiederholung einer Sendung über die Wiedereröffnung der alten Brücke von Mostar, die während des Krieges von kroatischen Streitkräften zerstört worden war. Es war ein pompöses Spektakel, Gäste aus sechzig Ländern, Balkan-Folklore, *Carmina Burana* und *Freude, schöner Götterfunken*, Mädchen in pastellfarbenen Kleidern mit Blumenkränzen im Haar, wie in einem Waldorf-Schultheater, dazwischengeschnitten Kriegsaufnahmen, schließlich flogen Tauben in die Luft. Die Brückenspringer hielten Fackeln in den Händen. Doch den Sprung der Brückenspringer verpasste ich, da der Künstler mich zu küssen begann.

Jonas und ich waren in Mostar, als die Brücke noch nicht zugänglich war und die besonders mutigen jungen Männer der Stadt nur heimlich von der Brücke sprangen. Mit einem klapprigen Bus fuhren wir durch die bosnischen Berge, die Hochhäuser der Peripherie von Sarajevo waren übersät mit Einschusslöchern, an der Autostraße verkauften alte Frauen Eier und Himbeeren, die hellroten Ziegel der neugebauten Häuser am Hang waren noch unverputzt. In Mostar wohnten wir im Jugendzentrum einer katholischen Hilfsorganisation

im muslimischen Teil der Stadt, in einem der etwas zu farbigen Häuser, an denen Schilder angebracht waren, welches EU-Land das Geld für den Bau dieses Hauses gespendet hatte. Es gehe darum, gegen die Teilung der Stadt anzukämpfen, dass wenigstens die Kinder der einen Seite des Flusses wieder mit denen auf der anderen Seite spielen würden, eine Brücke zu bauen, sozusagen. Der Krieg war allgegenwärtig und Thema jedes Gesprächs, fragt nicht immer nach dem Krieg, sagten sie jedoch, wenn man nachfragte, alle fragen immer nur nach dem Krieg. Jonas hatte ein Diktiergerät dabei, eigentlich hätte er einen Bericht für eine Zeitung schreiben sollen, doch auf der Kassette befanden sich nach unserer Rückkehr nur das Gezirpe der Grillen am Fluss und der Ruf der Muezzine aus verschiedenen Windrichtungen.
Das Brückenspringen fand in der Nacht statt. Eine Männersache, ich wurde gar nicht erst gefragt. Jonas traute sich nicht. Das war kein Problem, wir waren ja Touristen, und Jonas selbst hätte nie zugegeben, dass es ein Problem für ihn war.

Ich bemerkte die Federn erst, als ich sie im Mund hatte. Der Künstler hatte die Decke über uns geworfen und küsste mich, während er mir ungeschickt zwischen die Beine fasste. Die Federn waren plötzlich überall, auf unseren Körpern und im Gesicht. Ach, die Federn habe ich ganz vergessen, sagte der Künstler und erhob sich. Er schüttelte sich die weißen Daunenfedern aus den Haaren. Die Daunendecke war auf der einen Seite aufgeschnitten und beinahe leer. Die restlichen Federn, die der Künstler nicht schon vorher für seine Skulptur verwendet hatte, waren auf dem Bett verteilt und klebten an unseren halbnackten Körpern. Hast du einen Staubsauger, fragte ich, oder hast du eine andere Decke? Der Künstler hatte weder einen Staubsauger noch eine andere Decke, mir ist schlecht, sagte er. Er war blass geworden und rannte zur Toilette. Ich erhob mich und zog mich an.

Der Zettel lag auf dem Küchentisch, Jonas und ich schrieben uns immer Zettel, da wir uns selten sahen. *Frau Blum hat Bumbar tot aufgefunden*, darunter eine Adresse. *Es tut mir leid*, schrieb Jonas, und: *Sei umarmt, J.* Ich brauchte einen Augenblick, um zu begreifen. Der Kater wurde andauernd von älteren Damen aufgefunden, nach deren süßlichem Nelkenparfüm er roch, wenn er vollgefressen wieder bei mir auftauchte. Die Damen hatten mich oft auch angerufen, da meine Nummer auf dem Halsband stand, dann holte ich den Kater ab. Doch in Jonas' etwas kindlicher Krakelschrift stand da: *tot*; zwei windschiefe Kreuze und in der Mitte ein Kreis. Ich wünschte nun, ich hätte den Künstler nicht mitgenommen. Ich zog den Mantel nicht aus. Wahrscheinlich hatten sie die Katze schon weggeschafft, die Müllabfuhr oder wer dafür zuständig war, dachte ich, trotzdem lief ich zu der genannten Adresse. Der Künstler ging schweigend neben mir her. Die Weststraße war um diese Zeit kaum mehr befahren. Der Kater lag ausgestreckt auf dem Gehsteig, die verletzte Körperstelle nach unten. Mit den Wollhandschuhen, die ich trug, fasste ich den steifen Katzenkörper an und drehte ihn um. Erst jetzt sah ich das eingetrocknete Blut und die erloschenen Augen. Er musste schon eine Zeitlang tot sein, denn sein Körper war wie eingefroren. Schweigend trug ich den Katzenkörper nach Hause. Im Hausflur fragte der Künstler: Ist Jonas dein Freund? Nein, sagte ich, Jonas ist mein Bruder.

Jonas war mein Bruder. Jedenfalls sagten wir das, weil es mehr war als eine Freundschaft oder auch weniger. Wenn ich Jonas beobachtete, erinnerte er mich an mich selber. Wenn er morgens in dem Café neben dem Studentenwohnheim in Sarajevo wartete, bis ich bestellte, um dann dasselbe zu bestellen, wenn er die wenigen Worte wie *kava* oder *mlijeko*, die er in der Sprache gelernt hatte, falsch betonte, dass es wie Russisch klang, wenn er so tat, als würde er die Zeitung lesen, wie ich es tat, obwohl wir beide kaum etwas verstanden. In dem Café in Sarajevo, mit den rosa Tischdecken und den Fotos aus den Schweizer Bergen und der Serviererin, die uns nicht mochte, weil es ihr peinlich war, dass sie kein Englisch sprach, sah ich Jonas im Spiegel, seine magere Gestalt, die leicht gebückte Haltung, seine zu langen dunklen Haare, die ihm ins Gesicht fielen, und ich sah mich im Spiegel.

Vorsichtig und ohne zu klopfen öffnete ich Jonas' Zimmertür. Jonas lag im Bett und schlief. Jonas' Zimmer war kahl, außer einigen vollen, halbleeren und leeren Kartons, obwohl er nun schon fast ein Jahr bei mir wohnte. Eine Matratze, ein Tisch und ein Stuhl, weitere Möbel besaß er nicht. Ich hoffte, Jonas würde nicht aufwachen, oder vielleicht hoffte ich doch, dass er aufwachen würde, und gab mir deshalb keine besondere Mühe, leise zu sein. Ich öffnete mehrere Schachteln und warf schließlich ein paar Zeitschriften und Bücher, die in einem halbleeren Karton lagen, auf den Boden. Jonas lag seitlich da, mit angewinkelten Beinen, ein Laken um seinen mageren Körper gehüllt, die Wange auf seine flache Hand gelegt, da er kein Kissen besaß, weil er keine Kissen mochte oder weil er den Besitz eines Kissens unnötig fand, wie er vieles unnötig fand, sogar essen und schlafen. Doch gerade jetzt schlief er, tief und ruhig, und auch als ich die Tür nochmals einen Spaltbreit öffnete, um zu schauen, ob ich ihn vielleicht doch geweckt hatte, wachte Jonas nicht auf.

In der Küche lag die tote Katze auf einer alten Zeitung, der Künstler saß am Tisch, ich hatte ihn beinahe vergessen. Ich hatte ihm noch nicht einmal ein Glas Wasser angeboten. Dies tat ich nun und versuchte dann, den Katzenkadaver in die Schachtel zu stopfen, doch diese war zu klein. Der Kater war tot, ausgestreckt und steif fast doppelt so groß, wie er lebendig gewesen war. Ich fluchte und ging auf den Dachboden, da ich nicht nochmals in Jonas' Zimmer gehen wollte, da fand ich schließlich einen größeren Karton. Danach wusch ich mir die Hände. Keiner von uns kam auf die Idee, die Sache fortzusetzen, die wegen der Federn und der toten Katze unterbrochen worden war.

Am nächsten Tag ging ich schwimmen. Der Künstler war schon weg, als ich aufwachte, vielmehr hatte ich ihn noch durch das Zimmer gehen sehen, ein Schatten vor dem Streifen Staub in der Luft, der von der Morgensonne erhellt wurde. Das Bild der toten Katze schob sich davor, und ich schloss die Augen wieder. Nachdem die Tür ins Schloss gefallen war, erhob ich mich und machte Kaffee. Jonas schlief noch.

Vormittags war das Hallenbad nicht besonders voll, trotzdem wäre ich schon vor dem Drehkreuz beinahe wieder umgekehrt. Ich erinnerte mich an den Chlorgeruch, der sich mit den Düften verschiedener Shampoos und Deodorants und dem Körperfischgeruch vermischte, und mir wurde übel. Hastig zog ich mich um und stopfte die Kleider in das Schließfach.

Im Duschraum ließ ich das heiße Wasser lange auf die Kopfhaut prasseln, hielt dann die Füße kurz unter die Düse mit dem weißlich schäumenden Fußpilzdesinfektionsmittel und lief schnell über den hellblau gefliesten Boden zum Schwimmbecken. Das Wasser im Schwimmbecken erschien mir zu kalt. Ich schwamm auf der Seite der alten Frauen, die sich im Zeitlupentempo zu bewegen schienen, die Köpfe in rosafarbenen Badekappen aus dem Wasser gereckt. Auch ich hielt meinen Kopf über Wasser und tauchte nur selten für mehrere Züge unter, bis ich keine Luft mehr bekam und schwer atmend wieder auftauchte. Eigentlich hasste ich Hallenbäder; die Umkleideraumgespräche der Frauen, die überfreundlichen Bademeister in schwarzen Shorts und gelben T-Shirts, die Sportschwimmer, deren vorbeikraulende Eisenkörper den eigenen zuweilen streiften, und die Jugendlichen, die von allen Seiten kreischend ins Becken sprangen, obwohl an jeder Wand stand: *Seitlich*

einspringen verboten! Man durfte nie eine Pause machen, sonst könnte einen allenfalls jemand erblicken, sich die Schwimmbrille in die Stirn streifen, das Wasser aus den Haaren schütteln und sagen: Dich kenne ich doch von irgendwoher.
Während des Schwimmens begann ich, stumm Gedichte aufzusagen, die ich in der Schule auswendig gelernt hatte: Aufsteigt der Strahl und fallend gießt er voll der Marmorschale Rund ... Sein Blick ist vom Vorübergehn der Stäbe so müd geworden, dass ihn nichts mehr hält. Ihm ist, als ob es tausend Stäbe gäbe und hinter tausend Stäben ... Ich hatte zu wenige Gedichte auswendig gelernt in der Schule, als dass es für mehr als drei Längen gereicht hätte. Ich schwamm weiter und begann, russische Verben zu konjugieren: lesen, schreiben, arbeiten, sich ausruhen, sämtliche mir bekannten russischen Verben reichten für weitere drei Längen, dann fing ich an, die Schwimmzüge zu zählen. Ich war noch nicht über dreihundert, als jemand mir beinahe auf den Kopf sprang und ich die Zahl vergaß und wieder bei Null anfangen musste. Ich dachte an Jonas. Ich fragte mich, ob auch er zählte, wenn er nachts allein in seinem Zimmer saß. Oder ob er einfach gar nichts tat.

Jonas war mein Bruder, jedenfalls sagten wir dies so, mangels einer anderen Bezeichnung oder damit wir es nicht näher definieren mussten. Wir hatten denselben Namen, jedenfalls wenn man die Buchstaben anders stellte, wir waren überzeugt, das würde etwas bedeuten. Wir kannten uns seit der Schule. Jonas kam später in unsere Klasse, über ein halbes Jahr sprach er mit kaum jemandem, nach einem halben Jahr setzte ich mich neben ihn. Jonas hielt den Kopf geneigt und kritzelte undeutbare Figuren auf das Blatt Papier, das er vor sich hatte; ich blickte aus dem Fenster. Wir redeten nur, wenn wir gefragt wurden, und dann war es, als würden wir aus den tiefsten Träumen aufwachen, was die Lehrer zu ärgerlichen Bemerkungen veranlasste. Oft antwortete ich für ihn, da Jonas in tieferen Träumen weilte. An manchen Tagen gingen wir gar nicht erst zur Schule, sondern lungerten im alten Botanischen Garten herum, zwischen Pflanzen, deren lateinische Namen uns mehr sagten, als wir in der Schule verstanden hätten; bei schlechtem Wetter tranken wir schwarzen Kaffee im Bahnhofsbuffet. Wir spielten Backgammon oder Scrabble oder überlegten, wohin wir fahren könnten, wenn wir Geld hätten. Die Züge mit den möglichen Zielen hielten jedoch nicht an dem Provinzbahnhof, sondern schossen vorbei, ohne die Geschwindigkeit zu drosseln. Wir saßen auf Holzbänken mit orangefarbenen Bezügen unter braunen Plexiglaslampen aus den siebziger Jahren, die heute wahrscheinlich modern wären, aber heute existierte dieses Bahnhofsbuffet, am Bahnhof unserer Kindheit, gar nicht mehr, es gab nur noch einen Kiosk und einen Take-away-Pizzastand. Das Scrabblespiel wurde uns bald langweilig, außerdem stritten wir uns, ob es dieses Wort gäbe und ob jenes existiere, ob nun Fremdwörter und Namen und zusammengesetzte Wörter verboten waren, wir waren uns nie einig. So hörten wir auf mit dem Spiel und legten Jonas' Namen, warfen die Steine durcheinander und legten mit denselben fünf Steinen meinen Namen. Das wussten wir zwar schon, dafür brauchte man keine Scrabblesteine. Wir sind dasselbe, nur anders, sagte Jonas und blickte mich bedeutungsvoll an. Dann legten wir die Namen unserer Lehrer und Mitschüler, mischten die Steine und gruppierten sie neu. So tauften wir Fabienne Müller, das rothaarige Mädchen, in das Jonas verliebt war, Munli Bärenelfe, der Streber Achim Seiler hieß Sir Alchemie, und der jähzornige Christian Keller wurde zum Trinker Achilles, die Mathematiklehrerin Ute Hermann hieß Henne Armut. Jonas erzählte von einer Dichterin, die Anagrammgedichte geschrieben habe, ein Leben lang, verrückt sei sie geworden, oder man behauptete das nur, jedenfalls habe man sie in die Irrenanstalt gesteckt.

Ich zählte noch einmal hundert Schwimmzüge, dann verließ ich das Schwimmbad. Draußen herrschte ein Dämmerzustand, obwohl es erst ein Uhr war, die Straße schwankte unter meinen Füßen. Vor meiner Wohnungstür hockte Sami auf der Treppe, ein kleiner, dicker Nachbarsjunge, deshalb dachte ich gar nicht an Bumbar, der nie auf dem Türvorleger auf mich gewartet hatte. Musst du denn nicht zur Schule, fragte ich Sami, er verneinte, folgte mir in die Küche, die Lehrerin habe ihn heimgeschickt, er habe aber keinen Schlüssel für die Wohnung. Sami setzte sich ungefragt hin und trank den Sirup, den ich ihm hingestellt hatte, während ich ein Käsebrot aß, weil ich fürchtete, gleich umzukippen. Der Karton mit der toten Katze stand immer noch in einer Ecke. Sami sagte, dass er auch ein Käsebrot wolle. Was hast du denn angestellt, fragte ich nochmals. Nichts, sagte Sami, strich sich eine schwarze Haarlocke aus der

Stirn und schob mit der anderen Hand das Käsebrot in den Mund. Mein Bruder hat Fischstäbchen gekocht, sagte er. Später habe er sich erbrechen müssen, in der Schule, deshalb habe ihn die Lehrerin nach Hause geschickt. Sein Bruder habe immer gesagt, mehr als zehn Fischstäbchen könne man unmöglich essen. Ich habe sechzehn geschafft, sagte Sami stolz und aß sein Käsebrot auf.

Abends kochte ich Pasta mit einer einfachen Sauce, als ich das Nudelwasser abgoss, kam Jonas in die Küche. Ich habe eigentlich keinen Hunger, sagte er, dann aß er doch einen großen Teller. Wir müssen Bumbar wegbringen, erklärte ich, noch bevor wir fertig gegessen hatten, sonst fängt der Kadaver an zu stinken. Ich wollte Jonas das Essen verderben, aus einer unbestimmten Wut. Jonas merkte nichts. Lass uns das morgen besprechen, meinte er, ich bin ziemlich müde. Ich fragte mich, woher seine Müdigkeit kam, wenn er die ganze Zeit schlief. Ich finde bis morgen raus, wohin wir die Katze bringen können, sagte Jonas, und ich sagte: Kein Kater war je so groß und so weich und so flauschig wie Bumbar. Jonas sagte nichts darauf.

Jonas war mein Bruder, jedenfalls sagten das alle, sie nannten uns die Zwillinge, dabei sahen wir uns gar nicht ähnlich. Jonas hatte Klavier gespielt, früher, er war gut, er spielte Chopin und Beethoven-Klavierkonzerte schon mit zwölf. Jonas würde auf das Konservatorium gehen, eine internationale Solokarriere läge drin, sagte der Musiklehrer, er habe das absolute Gehör. Man könne rülpsen oder furzen, und Jonas würde noch bestimmen

können, ob der Ton ein F oder ein Fis sei, ätzten unsere Mitschüler. Nur Jonas äußerte sich nicht dazu.
Bei mir fiel das Schuleschwänzen kaum auf, da ich schon immer viel krank gewesen war und die Lehrer mein Fehlen weiterhin meinem schlechten Gesundheitszustand zuschrieben. Manche Lehrer hatten sogar schon vergessen, dass ich überhaupt noch in dieser Klasse war. Mir wurde zum Beispiel klar, dass es besser war, dem mir verhassten Sportunterricht ganz fernzubleiben, denn auf dem Mattenwagen sitzend und lesend musste ich der Turnlehrerin jede Woche als persönliche Beleidigung erscheinen. Jonas jedoch hatte andere Probleme. Sie drohten ihm kurz vor dem Abitur mit einem Schulverweis, der jedoch nicht durchgesetzt wurde. Stattdessen bekam er schlechte Noten. In den mündlichen Prüfungen war Jonas nicht schlecht, er fand es nur nicht notwendig, jemandem Sachverhalte genauer zu erklären, die er für logisch erachtete. Deshalb hatte er zu den meisten Fragen nicht viel zu sagen. So kam es, dass Jonas als Einziger des Jahrgangs durch die Abiturprüfung fiel. Jonas tat so, als kümmere ihn dies nicht, und ich war mir sicher, dass er überzeugt davon war, dass es ihm nichts ausmache.

Nach dem Abitur zog ich in die Stadt, um zu studieren, oder ich begann zu studieren, um in die Stadt zu ziehen. Ich fand einen Job in dem Restaurant, in dem meine Freundin Anna arbeitete. Ich hasste den Job. Dir vertraue ich, sagte der böse Koch, es klang wie eine Drohung. Dafür teilte er mir regelmäßig mit, wie schlampig Anna oder eine der anderen Serviererinnen sei, oder verdächtigte sie, Geld zu klauen. Der kleine Koch war achtzehn und in der Lehre, der schöne Koch war eitel und uninteressant. Die Bezeichnung kam von Anna, und sie meinte es ironisch. Nachdem ich am ersten Tag einem Gast den Milchkaffee über seine weiße Sportjacke geleert hatte, lernte ich, mich unauffällig zu verhalten, damit auch niemandem weiter auffiel, dass ich keine drei Teller in einer Hand tragen konnte. Nur einmal wies mich ein Gast darauf hin, dass ich mit meiner schönsten Schrift an die Tafel geschrieben hatte: *Pasta mit Suppengemüse*. Natürlich hätte es *Sommergemüse* heißen müssen, nur wegen der Gemüsesuppe, die oben aufgeführt war, verschrieb ich mich, und an diesem Tag bestellte auch niemand das Gericht.

Jonas hätte trotz des verpatzten Abiturs aufs Konservatorium gehen können, aber Jonas klagte plötzlich über unklare Ohrenschmerzen, er hörte Geräusche, wo keine waren, und hielt sich die Ohren zu, wenn es tatsächlich laut war. Er ging zu mehreren Ärzten, die wenig herausfanden, und schließlich hatte er keine Lust mehr und fuhr weg, als glaubte er, das würde etwas helfen, die Geräusche würden in der Stille der mongolischen Wüste leiser werden. Er hatte etwas Geld geerbt und brauchte ohnehin wenig. Ich bekam einmal im Monat eine Karte. Jonas schrieb nicht viel, außer dass es heiß sei oder kalt und dass es ihm gutgehe und: *Sei umarmt, J.*

Dann war Jonas wieder da, noch magerer als vorher und braungebrannt kam er in das Restaurant, der böse Koch stellte ihm einen Teller mit Essen hin, und ich dachte, Jonas, der kann doch dieses Schnitzel nicht essen, Jonas

ist doch Vegetarier, doch Jonas aß alles restlos auf und bedankte sich. Dass Jonas bei mir einziehen sollte, war nicht geplant, aber er konnte nicht zurück in das Dorf zu seinen Eltern, dachte ich, und ich hatte ein leeres Zimmer, seit meine vorherige Mitbewohnerin ausgezogen war. Drei Tage lang saßen die Wohnungsinteressenten im Halbstundentakt bei mir am Küchentisch, tranken Apfelschorle und erzählten, was sie alles machten im Leben und sagten, die Katze ist süß und was machst du so? Ich führte eine Liste mit Kreuzchen, Nullen und Totenköpfen, bis dahin gab es nur Nullen und Totenköpfe. Jonas kam mit einigen Kartons und einer Matratze. Hast du keine Möbel? fragte ich, und Jonas sagte, er habe versucht, seinen Besitz schmal zu halten.
Jonas und ich sahen uns wenig, ich arbeitete tagsüber und schlief nachts, und Jonas schlief tagsüber, und was er nachts tat, war mir nie klar. Wir schrieben uns Zettel, wann wir nach Hause kommen würden oder dass leider kein Kaffee mehr da war. Er unterschrieb nur noch mit J. *Sei umarmt* ließ er weg, wahrscheinlich aufgrund der geringen Distanz zwischen uns und der Banalität der Mitteilungen. Wenn ich Jonas doch einmal in der Wohnung antraf, stand er irgendwo vor einem Bücherregal oder vor der Spüle, als sei er gerade im Begriff, etwas zu tun, ein Buch aus dem Bücherregal zu nehmen oder ein paar Tassen abzuwaschen. Er tat aber nichts, sondern stand nur da, wie eingefroren, die Arme angewinkelt vor seinem schmalen Körper, als hätte er plötzlich vergessen, was er im Begriff war zu tun, weshalb er da stand, weshalb er hier war und alles andere.

Jonas hatte herausgefunden, dass man die Katze in die Kleintierkadaver-Entsorgungsstelle in der Müllverbrennungsanlage bringen sollte. Ich hatte schon den Plan, die Katze im Wald zu vergraben, sagte ich, doch Jonas machte mir klar, dass es bei diesen Minustemperaturen kaum möglich gewesen wäre, ein Loch in den gefrorenen Waldboden zu graben. Wir nahmen den Bus, ich trug den Karton mit der Katze. In einem italienischen Café im Industriegebiet tranken wir einen Espresso und warteten auf den Künstler. Der Künstler kam zu spät. Ich komme gerne zur Beerdigung, hatte er gesagt. Ich fragte mich, weshalb ich ihn bloß angerufen hatte, was hatte der Künstler mit Bumbar zu schaffen.

Ich beobachtete das Paar am Nebentisch. Der junge Mann saß am Fenster, er war sehr blond und sehr mager und rauchte unheimlich viele Zigaretten, die Frau ihm gegenüber war etwas größer als er, aber vielleicht schien das auch nur so, weil sie mehr Platz einnahm im ganzen Bild. Die beiden erinnerten mich an uns, wenn wir ein Paar wären vielleicht, so dachte ich, während ich meinen Kaffee trank. Die Frau sprach sehr viel und schüttete extrem viel Zucker auf ihren Cappuccino, schob sich den süßen Milchschaum mit dem Löffel in den Mund; sie saß eine Tischbreite zu weit weg von ihm und sprach über das Ende von etwas, so dachte ich. Obwohl ich ihre Worte nicht verstehen konnte, sah ich dies im Gesicht des sehr blonden und sehr dünnen Mannes, der nun seine Zigarette im Aschenbecher ausdrückte, als töte er eine dicke schwarze Fliege. Mir kam die Geschichte in den Sinn, von dem Paar, das in einem gottverlassenen Bergort in einem Hotel ankommt und den Erzähler, ein

dorthin versetzter Inspektor, an sich selbst und seine Verlobte erinnert. Am nächsten Morgen findet man das Mädchen allein im Zimmer, vergiftet von Schlaftabletten, der junge Mann hatte das Hotel frühmorgens um vier verlassen, die Eltern des Mädchens reisen an, die auch die Eltern des Jungen sind, und es stellt sich heraus, dass die beiden Geschwister waren. Am Ende finden sie den jungen Mann erfroren an der Baumgrenze.
Ich erzählte Jonas die Geschichte nicht, da gerade der Künstler eintrat. Er trug eine zerbeulte Trompete in der Hand. Der Künstler küsste mich auf die Wange und streckte Jonas die Hand hin. Er bestellte noch einen Espresso, den er in einem Zug austrank. Ihr seid also Geschwister, sagte er und musterte uns. Jonas streifte mich mit einem überraschten und verächtlichen Blick, als hätte ich ein Geheimnis verraten. Wir bezahlten und verließen das Café. Das Paar am Fenster war schon vor uns aufgebrochen.

Zu dritt gingen wir die Straße hinunter. Der Künstler trug gelbe Gummihandschuhe, weil er verrückt war oder weil es kalt war und er keine anderen Handschuhe besaß. Er hielt immer noch die Trompete in der einen Hand. Aus den Türmen der Müllverbrennungsanlage stieg weißer Rauch in einen grauen Himmel, es war so kalt, dass der eigene Atem plastisch in der Luft erschien. Im Innenhof der Müllverbrennungsanlage setzte der Künstler die Trompete an die Lippen und blies einige Töne, dann eine Melodie, die mir bekannt vorkam, aber es fiel mir nicht ein, er brach wieder ab. Der Widerhall tönte von den hohen Mauern. Jonas sagte nichts, er verzog nicht einmal das Gesicht. Drinnen roch es nach Putzmittel. Katze?, fragte der Mann neben dem Rollband. Ich nickte. In diesem Land trennen sie sogar die toten Tiere, sagte Jonas. Ich legte den Karton auf das Förderband, er fuhr durch eine Öffnung in der Wand, ich stand da, mit leeren Händen. Ich dachte vielleicht, Jonas würde meine Hand nehmen, aber da er dies nicht tat, verschränkte ich die Arme und ging vor Jonas und dem Künstler hinaus, zurück in die helle Kälte.

Jonas und ich saßen auf dem Balkon des kleinen Steinhäuschens in den Bergen, das Jonas' Familie gehörte, das Gezirpe der Grillen war nah und weiter weg die Geräusche des Waldes. Wir legten Anagramme, diesmal begnügten wir uns nicht mit den Namen unserer Klassenkameraden. MORGEN IST SCHON WIEDER HEUTE, legte ich auf das gelbe Wachstischtuch und schob den Satz Jonas hin, der die Scrabblesteine wieder neu mischte. OH MORDEN SCHREIEN WUT STEIGE legte Jonas, und ich mischte die Steine erneut. Wir waren wie im Fieber. Jonas notierte die Zeilen auf einem Blatt Papier. Wir blieben noch lange an dem kleinen Tisch sitzen. Wir konnten die Dunkelheit hören. An diesem Abend hätten wir die Geschwistergeschichte vielleicht aufgeben können. Jonas sagte: Es ist so, wie es ist, aber es wird nicht so bleiben.
Am nächsten Tag gingen wir zu dem kleinen Bergsee, das Wasser war von einem dunklen Türkisgrün und so kalt, dass einem das Blut zu gefrieren schien, ein Bergbach fiel in einem weißschäumenden Strahl dreißig Meter in die Tiefe. Neben dem Wasserfall ragte ein Fels-

vorsprung hervor, eine Art Plateau, wo Dutzende braungebrannter Jungenkörper zitterten, um dann mit theatralischen Schreien in die Tiefe zu fallen. Du willst doch nicht etwa springen!, hatte ich gesagt, mich kannst du damit nicht beeindrucken, doch Jonas zuckte die Schultern, und Minuten später stand er auf dem Felsen, blasser als die Jungen vom Dorf. Vor Jonas sprangen zwei kleine Jungen, kaum fünfzehn Jahre alt. Jonas blickte nicht zu mir herüber, sondern geradeaus in die Luft und zögerte nur einen Augenblick, bevor er mit einem Kopfsprung in die Tiefe stürzte. Erst am nächsten Tag, als wir im Zug nach Hause fuhren, sagte Jonas: Es ist etwas mit meinen Ohren, so ein Druck, wie im Flugzeug oder so. Du musst zum Arzt gehen in der Stadt, sagte ich, wenn es nicht aufhört, sagte ich. Außerdem höre ich schlecht, sagte Jonas, und was ich nicht höre, die Stille, die ist umso lauter. Es fühlt sich an, als wäre ich immer noch unter Wasser.

Ich habe ein Zimmer gefunden, sagte Jonas, eine Woche nachdem wir die tote Katze zur Müllverbrennungsanlage gebracht hatten. Wo denn, fragte ich, und Jonas sagte: etwas außerhalb der Stadt, bei Markus. Ich kannte Markus nicht, ich wusste noch nicht einmal, dass Jonas ein Zimmer gesucht hatte. Jonas packte seine wenigen Sachen in die Schachteln, Markus hatte ein Auto, wir hatten die wenigen Sachen, Matratze, Tisch und Stuhl schnell heruntergetragen.
Am Abend nach Jonas' Auszug kam ich eher zufällig am Atelier des Künstlers vorbei und entschloss mich, nachzuschauen, ob dieser da sei. Im Treppenhaus hingen

Fotografien von Embryos, die in Einmachgläsern in Spiritus konserviert wurden. Die Bilder waren entweder neu, oder sie waren mir in der Nacht nicht aufgefallen. In der großen Halle saßen einige Leute vor ihren Computern, damit hatte ich nicht gerechnet. Doch kaum jemand blickte auf, als ich eintrat. Vor der Tür des Hinterzimmers, in dem der Künstler wohnte, malte jemand großformatige Palmenbilder auf eine Leinwand, ich grüßte, er nickte mir kaum merklich zu, nur die Zigarette in seinem Mundwinkel bewegte sich leicht.
Die Tür zum Hinterzimmer des Künstlers war angelehnt, doch er war nicht da. Ich schloss die Tür hinter mir. Der Künstler hatte aufgeräumt, die Federnskulpturen waren weg. Auf dem Tisch lagen einige Fetzen Papier oder Leinwand. Ich zündete nun doch das Licht an, eine leicht flackernde Neonröhre. Die Leinwand war in kleine rechteckige Stücke zerschnitten, eine Seite war schwarz angemalt, die Farbe war noch nicht vollständig getrocknet und biegsam wie Gummi, an den Rändern waren darunterliegende weitere Farbschichten erahnbar. Ich begann, die Teile zusammenzusetzen, es war wie in einem dunklen Raum, in dem sich die Augen langsam an das Licht gewöhnen, um schließlich Nuancen wahrzunehmen, hellere Töne, mögliche Formen und schwärzeres Schwarz. Am Schluss fehlte ein Stück.
Ich überlegte, dem Künstler eine Notiz zu hinterlassen, und nahm ein Stück der Leinwand, drehte es um und suchte einen Stift. Doch mir fiel nicht ein, was ich schreiben sollte. Ich ging zum Fenster und schaute hinaus auf den Fluss. Die Leuchtschrift der alten Papierfabrik auf der anderen Seite warf einen roten Schein auf

das dunklere Wasser. Am Fenster klebte ein postkartengroßer Ausschnitt aus einem Magazin, das Bild einer Vorstadtgegend, in England wahrscheinlich, eine Frau mit einem kurzen Rock schiebt einen Einkaufswagen, ein streunender Hund im Vordergrund, Telegrafendrähte führen auf den Horizont zu. Darauf die Schrift, ein Gedicht, das mit den Worten endete: *Today is the tomorrow you were promised yesterday.* Ohne viel zu überlegen, löste ich das Bild vorsichtig vom Glas, kratzte die Klebestreifen von der Rückseite und steckte es in meine Tasche. Dann verließ ich die Fabrik. Zu Hause klebte ich das Bild an das Fenster von Jonas' Zimmer, das nun leerstand.

Ich vermietete das Zimmer nach Jonas' Auszug nicht wieder neu. Eine Weile ließ ich es leerstehen, nicht weil ich hoffte, Jonas würde zurückkommen, sondern eher aus einer Art Pietät, als wäre jemand gestorben, und es würde sich nicht gehören, dessen Raum gleich für etwas anderes zu verwenden. Nach einigen Monaten richtete ich mir dort ein Arbeitszimmer ein. Ich fand einen Job am psychologischen Seminar und kämpfte nun mit statistischen Auswertungen und dem Kopierapparat, statt mit Tellern und einem bösen Koch. Jonas traf ich selten.
Es wurde Frühling, und die Blüten der japanischen Zierkirschenbäume färbten den Innenhof der Siedlung rosa. Ich traf den Künstler auf der Straße. Ich habe dich gesucht, sagte er, ich bin die Straßen abgelaufen, aber ich wusste nicht mehr genau, wo du wohnst, Martastraße oder Bertastraße oder Gertrudstraße, einer dieser Frauennamen war es. Ich wich einen Schritt zurück, fragte mich,

ob der Künstler betrunken war oder verrückt. Ich meine, du hast mich damals gerettet, du hast mich damals bei dir aufgenommen, trotz der Federn und der toten Katze. Vielleicht können wir uns mal treffen, was sagtest du nochmals, Idastraße? Warte, ich geb dir meine Nummer, sagte der Künstler und kritzelte mir hastig seinen Namen und seine Telefonnummer auf einen Zettel, den ich zerknüllte und in die Jackentasche steckte.

Vor dem Supermarkt stand Sami, der in unglaublichem Tempo ein Schokoladeneis aß. Kann ich zu dir kommen?, fragte er, und ohne mein Einverständnis abzuwarten, lief er schnaufend neben mir her. Wo ist eigentlich der Bomber?, meinte er, als wir vor der Haustüre ankamen. Er sprach den Namen der Katze aus wie den eines Kriegsflugzeuges. Ich begriff erst nicht. Die Kinder wussten doch, dass die Katze gestorben war, sie hatten mich fassungslos angeschaut, als ich es ihnen erzählte, der kleine Sami hatte geweint. Der Bumbar ist gestorben, sagte ich langsam, das weißt du doch, er ist überfahren worden, in der Weststraße. Der Junge schaute mich entgeistert an und begann dann zu murmeln: *uiuiui, uiuiui*. Er wiederholte mehrmals dieses *Uiuiui*, beginnend mit einem hohen Ton und ließ dann seine Stimme sinken. Wusstest du das denn nicht, fragte ich vorsichtig, ich dachte, ich hätte euch das erzählt. Ich hab's vergessen gehabt, sagte Sami. Dann schob er den Rest seines Eises in den Mund und rannte zu den anderen Kindern, die im Hof Fußball spielten.

Armageddon

Ich hoffte, Ida käme vielleicht etwas früher. Es ist sechs Uhr abends. Etwas früher heißt nicht sechs Uhr, nicht bei Ida, trotzdem bin ich nervös, wie ich bei Ida immer ein wenig nervös bin, als wäre alles noch neu und unbestimmt, ein neuer Mond am noch hellen Himmel, als könnte ich noch alles befürchten. Ich habe das Chaos weggeräumt, die Bücher und die zerknüllten Taschentücher, ich habe andere Bücher und Zettel auf dem Tisch verteilt, den Computer eingeschaltet und mir den Schlaf aus dem Gesicht gewaschen. Die Zettel sind Monate und Jahre alt, und ich könnte nicht sagen, was darauf steht und wer es geschrieben hat, wahrscheinlich war ich es, ich erkenne die Schrift. Ich würde mich nicht erinnern, was in den Büchern steht, aber Ida wird nicht fragen. Ida wird die Papiere sehen und die Bücher, und sie wird sich nichts denken.
Ich schaue aus dem Fenster auf die Katzenbachstraße; das Licht der schräg stehenden Sonne verfängt sich in den Blättern der großen Ulmen und wirft Schattenmuster auf den Asphalt. Es hat aufgehört zu regnen, der Frühling kommt, sagen sie.

Ich könnte ins Café Sankt Petersburg gehen, um da auf Ida zu warten. Ich könnte mir die Geschichten des alten Russen anhören, aus *Meister und Margarita* von Bulgakow, Tschechows *Drei Schwestern* oder über die Stadt namens Marks oder tatsächlich Marx in der Nähe von Wolgograd, dem früheren Stalingrad, den Heimatort der Besitzer des Café Sankt Petersburg, welches sie natürlich nicht Stalingrad und auch nicht Marx genannt hatten, sondern Sankt Petersburg. Aber es könnte sein, dass ich Ida so verpasse, um ein Haar. Es könnte sein, dass Ida die Katzenbachstraße entlangkommt und an meiner Tür klingelt, als hätte sie vergessen, dass sie einen Schlüssel besitzt, während ich in einem der dunkelroten Sessel unter den langhalsigen Adeligen auf den Ölbildern im Café Sankt Petersburg sitze. Durch die großen Fenster sieht man zwar den Hauseingang, aber es gibt immer einen toten Winkel, einen Moment der Unachtsamkeit. Heute habe ich nichts gemacht. Ich bin nicht ins Café Sankt Petersburg gegangen und habe Wein getrunken und dem alten Russen zugehört, der neuerdings ins Theater geht und sich russische Stücke auf Deutsch ansieht, weil er die Handlung schon kennt. Ich habe nicht mit ihm über Marx gesprochen. Ich habe noch nicht einmal eingekauft, obwohl mir gestern schon aufgefallen war, dass gar nichts zu essen da wäre, falls Ida vorbeikäme, der Kühlschrank ist leer, bis auf ein Glas Senf und eines mit sauren Gurken. Fast so, als wäre ich weggefahren. Dabei war ich immer hier.

Auf der anderen Straßenseite liegt die Katze des Nachbarn wie ein schwarzer Fleck auf dem Gehsteig. Wenn es schon keinen Bach gibt, dann wenigstens eine Katze, sagte Ida manchmal. Als müssten Straßennamen einen Sinn haben. Dabei hat sich höchstwahrscheinlich niemand etwas dabei gedacht. Die Katze hat sich in der ganzen Zeit nicht bewegt, in den Minuten oder Stunden, in der endlosen Zeit, in der ich zum Fenster hinaus auf die Katzenbachstraße blicke. Die Katze könnte ebensogut tot sein. Vielleicht ist sie auch tot, man weiß es nur nicht. Wie in dem Versuch von Schrödinger, diesem Physiker. Der alte Russe vom Café Sankt Petersburg hat mir davon erzählt, und ich sollte Ida etwas fragen; nur leider habe ich vergessen, was ich Ida fragen sollte, weil ich von dieser heillosen Aufregung ergriffen wurde, wie immer, wenn jemand von Ida spricht. Ida sollte das doch wissen, sagte der alte Russe, und ich sagte: Ja, Ida weiß das bestimmt. Weil ich Ida aber bisher nicht fragen konnte, muss ich mich an die Erläuterungen des alten Russen halten, die nicht weniger gewagt sind als seine Theorien zum *Kapital* oder zu *Krieg und Frieden*. Das Gedankenexperiment geht so: Eine Katze wird in eine Kiste gesteckt, in der sich eine geringe Menge radioaktiver Substanz befindet. Dabei beträgt die Wahrscheinlichkeit, dass eines der Atome nach einer Stunde zerfallen ist, fünfzig Prozent. Zerfällt ein Atom, stirbt die Katze. Da das Leben der Katze von dem Zustand der radioaktiven Substanz abhängt, befindet sich diese in einem Zwischenzustand, man weiß nicht, ob sie nun tot oder lebendig ist, denn wenn jemand die Kiste öffnet, stirbt die Katze auch. Es gibt nur die Entscheidung zwischen Tod oder Nichtwissen. Was die Sache nun erklären soll und was die Funktion der Katze ist, wurde mir jedoch nicht klar. Vielleicht war dies die Frage, die ich Ida stellen sollte.

Ich könnte Ida anrufen. Sie würde sich melden, vielleicht, nach dem siebten Klingeln. Meist lasse ich es nur sechs Mal klingeln, außer ich bin mir des Telefonats sehr sicher. Die sechs ist eine abergläubische Zahl. Nach dem achten Klingeln springt der Telefonbeantworter an. Das siebte Klingeln bedeutet, dass Ida nicht am Computer saß, sondern eben noch auf der Leiter stand oder über ein Mikroskop gebeugt war, etwas Unsichtbares betrachtend. Sie würde deshalb vielleicht kurz angebunden sein oder genervt. Aber ihre Stimme würde normal klingen. Ich bin's, würde ich sagen, ich wollte nur mal anrufen. Dann wäre es still. Was machst du denn, würde ich fragen, in die Stille hinein, vielleicht mit etwas heiserer Stimme, die mir selbst verzerrt vorkäme, wie durch ein Telefon, dabei bin ich ja auf dieser Seite. Willst du das wirklich wissen?, würde Ida fragen, betont geduldig. Nein, das heißt ja, würde ich sagen, und Ida würde nichts sagen und dann, bis dann, mach's gut. Dann wäre sie wieder weg. Sie wäre wieder bei ihrem Chaos, nur ich würde den Telefonhörer umklammern, als gäbe es noch etwas festzuhalten, vor dem Klicken in der Leitung.

Ida dachte immer, ich interessiere mich nicht dafür, was sie tut. Doch dies ist nur eine falsche Schlussfolgerung daraus, dass sie sich nie dafür interessierte, was ich tue. Ich interessiere mich auch nicht allzusehr für mein Tun. Das Chaos hingegen hat mich nie in Ruhe gelassen. Ich wollte Ida mehrmals danach fragen, aber sie winkte ab. Ida hatte sich längst neuen Experimenten zugewandt, während ich ob dieses Chaos nicht mehr ruhig schlafen konnte. Das Chaos war ein stecknadelgroßer roter Punkt in der Luft. In diesem Punkt war so viel Energie, dass die Luft verbrannte, Moleküle barsten, Plasma entstand, wie in einer Neonröhre oder in der Sonne. Der Punkt stand still in der Luft und summte in einem hohen Ton. Ob sich Ida an das Chaos erinnert? Sie zeigte es mir an einem Februarmontag, als ich sie im Labor der Technischen Universität besuchte, danach stritten wir, nicht über das Chaos, über unwichtige Dinge und fuhren schließlich schweigend zuhinterst im Bus nach Hause.

Vor dem Ende waren wir ans Meer gefahren. Die Saison war längst vorbei, die meisten Restaurants und Imbissbuden waren geschlossen, die Bungalows verlassen. Das Meer war zu kalt, um schwimmen zu gehen. Am letzten Tag erwachte ich früh und hörte den Wald durch den dünnen, taunassen Zeltstoff und Idas regelmäßigen Atem. Ida ging laufen am Strand, währenddessen packte ich das Zelt zusammen. Das Zelt liegt immer noch auf dem Dachboden, darin eingewickelt Tannennadeln, Laub und Dreck. Ich ging noch einmal um den alten Rummelplatz herum, der mich an Coney Island erinnerte, wir waren nie zusammen in Coney Island, weil es immer geregnet hatte, als Ida mich in New York besuchte. An jenem Morgen regnete es auch. Hinter dem zerschlissenen, mehrfach mit Brettern und Draht geflickten Zaun des Rummelplatzes tat sich ein märchenhaftes Durcheinander auf. Zwischen Brombeerhecken und Schrott parkten riesenhafte Spielzeugautos mit aufgemalten Gesichtern, rosa Wangen und Schnurrbärten. Die dunkelroten Kapseln der Schwebebahn hingen wie Glocken an einem schwarzen Gestänge. Die Tiere, Nashörner, Dinosaurier waren von Gestrüpp überwachsen, ein Elefant war umgekippt und lag seitlich im Gras, ein Stoßzahn daneben. Lernt man nicht schon als Kind, dass

Elefanten nicht wieder aufstehen können, nachdem sie umgefallen sind?
Ida beklagte sich nicht darüber, dass sie die ganze Strecke zurückfahren musste, weil ich mir plötzlich sicher war, dass es mir unmöglich war, zu fahren, dass ich an diesem Tag noch nicht einmal auf ein Fahrrad steigen könnte oder auch nur eine Straße überqueren, geschweige denn ein Auto lenken. Wir tranken einen Kaffee bei McDonald's an der Autobahn und aßen zwei winzige Himbeertörtchen, die wir in einer Konditorei in dem Kurort an der Ostsee gekauft hatten. Ich erinnere mich an Ida, wie sie dieses Himbeertörtchen isst, auf einem Plastiksessel sitzend, hinter ihr ein farbiger Clown, die Autobahn und graue Plattenbauten. Eigentlich komisch, dass die Leute nicht öfter ihre eigenen Sachen mitbringen, um sie an diesem schönen Ort zu essen, bemerkte sie sarkastisch. Zurück im Auto hörten wir eine Kassette mit Brecht-Gedichten, da wir alle alten Musikkassetten schon mehrfach abgespielt hatten, Geschichten von Herrn Keuner, und von einer Wolke, weiß und ungeheuer oben. Ida kniff die Augen zu vor Müdigkeit, und ich schwieg, um sie nicht von der Straße abzulenken.

Gestern habe ich Ida gesehen. Ich habe im Café Sankt Petersburg Kaffee getrunken und in den Zeitungen gelesen, was in der Welt außerhalb der Katzenbachstraße geschieht. Es war ein heller Frühlingstag, Samstag, es musste wohl Samstag sein, unheimlich viele Menschen waren auf der Straße, und das Wetter und die flanierenden Leute taten so, als wäre schon Sommer. Die Straße flimmerte in der Sonne, die winzigen Flächen der grauschwarzen Asphaltteilchen und die letzten Regentropfen der Nacht reflektierten das Licht wie geschliffene Kristalle. Die Leute kauften ein, Pärchen meist, sie waren jung, es schienen überhaupt nur junge Menschen auf der Straße zu sein, als wäre die Welt vor fünfunddreißig Jahren erst erschaffen worden. Die Frauen trugen ihre dunklen oder blonden Haare zu wippenden Pferdeschwänzen zusammengebunden, feingliedrige Nacken blickten hervor und unter hellen Trägershirts Schulterblätter, wie Flügel. Die Männer hatten sehnige Körper, die Muskelstränge sichtbar unter der leicht gebräunten Haut, tätowierte Arme, welche die Papiertragetaschen trugen, gefüllt mit frischen Sommersalaten, übertrieben roten Tomaten, gelben, grünen Paprika, Basilikumblättern, Fischfilets vielleicht, Lachs oder Zander, einer Honigmelone, die richtige Süße fachgerecht abgetastet, oder Granatäpfeln, versteckte blutrote Schluchten gefüllt mit leicht sauren Kernen. Manche der Menschen hatten Hunde oder Fahrräder, ich wunderte mich, dachte, sie müssten wohl fünf Hände haben, um alles zu halten, die Hundeleinen, Tragetaschen, Fahrradlenker und die Geliebtenhände.

Ich stand vor den Holzgestellen des türkischen Ladens und füllte Tomaten in eine Plastiktüte. Sie kam über die Brücke, die auf die andere Seite des Flusses führt, zu den Einfamilienhäusern mit Garten und zur Technischen Universität. Sie trug die Winterjacke unter dem Arm; der Wind blies ihr das halblange dunkle Haar ins Gesicht. Sie lief direkt auf mich zu, schien mich aber nicht zu sehen, und ich überlegte, mich etwas zu ducken, um hinter all den Leuten oder dem Bademodenplakat, das

sich im Halbminutentakt in das Plakat einer Versicherungsgesellschaft verwandelte, zu verschwinden. Sie ging an mir vorbei, die Straße hinunter, dann drehte sie sich nochmals um, schaute über die Schulter zurück zu mir. Sie sah mich an. Doch sie konnte mich nicht sehen. Ich war tatsächlich unsichtbar geworden, wie früher, als ich ein Kind war und mir in angsterfüllten Träumen und Wirklichkeiten die Handflächen vor die Augen gehalten hatte. Ich hielt mir die Hände nicht vor das Gesicht, trotzdem war ich eine flüchtige Luftgestalt, die das Sonnenlicht nicht reflektierte und nur leicht flimmerte, wie fliegende Staubkörner.
Doch sie war es gar nicht. Die Frau sah ganz anders aus als Ida, sie glich ihr nicht einmal. Ich ließ die Tüte mit den Tomaten fallen und starrte der fremden Frau nach, wie sie die Straße hinunter ging, über der die regentropfenbehangenen Tramleitungen wie gleißende Lichtstreifen in die Ferne führten. Alles war normal, nur die Haut ihres Nackens blendete meine Augen, wie zu grelles Licht.

Vor dem Café Sankt Petersburg liegt diese dicke schwarze Katze in der Sonne; der Frühling kommt, sagen alle, und mit dem Frühling kommt auch die Angst. Wobei ich nicht sagen könnte, ob ein kausaler Zusammenhang existiert zwischen dem Frühling und der Angst. Ich könnte fernsehen. Gestern habe ich ferngesehen. Oder vorgestern? Die Tage sind endlos und auswechselbar zugleich. Ich sah mir einen Dokumentarfilm über die Wolfsjagd an. Wenn sie den Wolf häuten, schneiden sie sein silbergrauglänzendes, räudiges Fell mit schnellem geübtem Schnitt den Bauch entlang auf und ziehen es ihm dann über den Nacken. Das Wolfsfell ist sträubig wie Stahlwolle und lässt sich schwer vom sehnigen, rotgeäderten Fleisch abziehen. Wenn sie den Wolf häuten, ziehen sie ihm vorsichtig die Wolfshaut vom Fleisch ab. Der Wolf ist viel kleiner und magerer, als man gedacht hätte, ausgezehrt, nur noch ein blasses Abbild seiner Legende. Der Wolf ist kaum größer als ein magerer Hund. Wenn man es nicht besser wüsste, würde man nicht glauben, dass dies der Wolf ist. Selbst sein Schädel, den sie an die Hauswand nageln, um das Böse zu bannen, selbst sein Schädel ist schmal, und hinter den starren, gläsernen Augen kann kein längst erloschener Lichtblitz ausgemacht werden. Dreiunddreißig Schafe hat der Wolf gerissen. Keine Menschen.

Ich könnte Ida anrufen, und sie wäre da. Am anderen Ende dieses Schweigens. Weshalb ist die Stille am Telefon stiller als die einer tatsächlichen Begegnung? Es ist, als würde die Entfernung von der Technischen Universität bis zur Katzenbachstraße die Stille ins Unerträgliche verstärken. Doch ist das Ausmaß der Stille nicht proportional zur Entfernung zu messen. Beispielsweise ist die Stille zwischen der Katzenbachstraße und der Technischen Universität nicht annähernd zu vergleichen mit der Stille zwischen New York und der Technischen Universität. Obwohl zwischen New York und der Technischen Universität ein Ozean liegt und sechs Stunden Zeit und zwischen der Katzenbachstraße und derselben Universität nur einige Kilometer, ein Katzensprung sozusagen, ist die Stille zwischen New York und der Technischen Universität immer eine angenehme

Stille gewesen. Nur die sechs Stunden Zeitdifferenz hinterließen eine Ahnung der tatsächlichen Entfernung. Vielleicht, so denke ich manchmal, kann die Zeitverschiebung alles erklären. Mehr als der New Yorker Winter, Wind und Regen und der Ozean dazwischen. Dass ich Ida von einer langweiligen Party in einem New Yorker Hotel anrufen konnte, weil bei ihr schon morgen war und sie am Küchentisch saß und schwarzen Kaffee trank; dass ich abends durch die Menschenmassen der Canal Street laufen konnte, glücklich zu wissen, dass Ida schlief, auf der anderen Seite. Immer wenn ich ihrer gewahr wurde, erschien mir die Zeitverschiebung als eine Art Erkenntnis. Ida würde natürlich sagen, dass dies alles Quatsch ist, aber Ida kann sich auch vorstellen, wie man der Sonne entgegenfliegt und wie sich die Erde gleichzeitig um die Sonne dreht und wie die anderen Gestirne sich verhalten, zur Sonne, zur Erde und zum Flugzeug. Für Ida gibt es für alles eine Erklärung, während ich höchstens sagen könnte: Ich glaube es. Obwohl ich an nichts glaube, nur abergläubisch bin ich. Ich rede mir viel ein. Ich bin meine eigene Kassandra, ich sehe alles schwarz und glaube mir selbst niemals. Bis ich eines Besseren belehrt werde.

Die dicke Katze vor dem Café Sankt Petersburg ist verschwunden. Die Katze ist ein alleiniges Tier, sagte der alte Russe, nachdem die Katze davongezischt war, als ich sie streicheln wollte. Es wird Frühling, sagen sie, ein neuer Frühling. Und ich frage mich, weshalb diese Endzeitangst auch nach dem Ende nicht vorbei ist. Ich werde Ida nicht anrufen.

Nach dem Ende gingen wir ins Kino. Als könnte man nach dem Ende einfach ins Kino gehen und sich einen Endzeitfilm anschauen. Der Tag war still und grau, ein Sonntag, wir gingen nachmittags in das dunkle Kino hinein, dessen Wände mit schwarzem Filz ausgekleidet waren. Obwohl mit Blindheit geschlagen, sah ich Ida, ich sah Ida und mich daneben, im menschengroßen Spiegel. Wir sahen aus wie etwas an Land Gespültes, wie Sondermüll. Auf die Frage der Kassiererin, welchen Film wir denn sehen wollten, sagte Ida: den schlechteren. Die Kassiererin blickte erstaunt auf, aber Idas Gesichtsausdruck ließ vermuten, dass sie überlegte, die Faust durch die Scheibe mit den kreisrund angeordneten Sprechlöchern zu schlagen, dass deren Scherben das Lächeln der Kassiererin zerschneiden würden. Also verkaufte die Kassiererin uns ohne Kommentar zwei Tickets für *Armageddon*. Ich habe mich nicht erkundigt, welcher Film der bessere gewesen wäre. Auch an *Armageddon* kann ich mich kaum mehr erinnern.

Nach Filmende wurden wir wieder in einen grauhellen Tag entlassen, und Ida ging in die eine Richtung und ich in die andere, und niemand hat sich umgedreht. Niemand ist zur Salzsäule erstarrt, niemand wurde in die Unterwelt verbannt, ich bin nur still in die Katzenbachstraße zurückgekehrt. Nur manchmal wünschte ich mir, nicht hier zu sein. Nur manchmal denke ich, sie haben vergessen, die Katzenbachstraße zu bombardieren, die Katzenbachstraße und die Technische Universität und den Nebel dazwischen.

Demut

Du hast doch keine Ahnung was Demut heißt, sagte er.
Wir saßen in einer Kneipe, Lorenzen und ich; in der
Kneipe, in der wir nach den Vorstellungen immer saßen.
Die anderen Schauspieler waren schon nach Hause gegangen, auch ich hätte längst nach Hause gehen sollen,
als Lorenzen begann, über Demut zu sprechen.
Lorenzens schwerer Körper war auf dem Barhocker zusammengesackt, er stützte seinen großen, bärtigen Kopf
mit beiden Ellbogen auf den Tresen. Alles schien groß
an ihm, groß, massig und sanft.
Lorenzen spielte den Philoktet im Stadttheater. Philoktet,
das Kriegsopfer fern des Krieges. Lorenzen spielte Philoktet, den doppelt Betrogenen, mit seiner ganzen Körperlichkeit und dem Verdruss eines unendlich Müden.
Philoktet war nicht Odysseus; Philoktet hatte Troja noch
nicht einmal von weitem gesehen. Abgesehen von Lorenzens Philoktet war die Inszenierung schlecht, fand
ich, doch mich fragte diesbezüglich niemand, ich gehörte nicht zum festen Ensemble, sondern half nur aus.
Ich kannte den Regisseur, ich hatte mit ihm studiert,
und er wusste, dass ich viele Stücke gelesen hatte, ja
fast auswendig kannte. So saß ich hinter der Bühne und
flüsterte dem Neoptolemos zu: Oh hätt ich Lemnos
nicht gesehen, nicht Troja, oh wär ich keinen Schritt gegangen. Meistens hatte ich nichts zu sagen. Lorenzen
vergaß seinen Text nie.
Ich hätte längst nach Hause gehen sollen. Lorenzen hatte

schon ein Bierglas auf den Boden fallen lassen, ich hatte die Scherben aufgesammelt, was Lorenzen peinlich war. Nicht das verschüttete Bier war ihm peinlich, sondern dass ich vor seinem Stuhl kniete und die Scherben zusammenkehrte. Auch der Kellner, dem ich das Kehrblech zurückbrachte, meinte, ich hätte das nicht tun müssen.
Wir hatten über Literatur geredet, bevor Lorenzen begann, über Demut zu sprechen. Wir sprachen über Fatzer und Keuner, über Heiner Müller und Inge Müller, über den Klatsch und alles, wir hatten schon viel Bier getrunken. Er war wichtig, sagte Lorenzen, ein Ungeheuer zwar, aber wichtig. Sie war ja immer die Frau mit dem Kopf im Gasherd, sagte er. Sie hatte eine Affäre mit seinem fünfzehnjährigen Bruder, sagte er weiter, von seinen Geschichten will ich erst gar nicht reden. Und immer wieder wächst das Gras über die Grenze und das Gras muss ausgerissen werden, immer neu, das über die Grenze wächst, deklamierte Lorenzen, und der Stacheldraht, ich weiß nicht mehr weiter. Ach Erde, bedecke mein Blut nicht, wollte ich sagen, doch dies war nicht von Heiner Müller.

Ich war gerade erst aus der kleinen Stadt zurückgekehrt, wo mein Großvater im Sterben lag und, nachdem ich wieder gefahren war, auch starb. Mein Großvater war krank geworden, ganz plötzlich, nachdem er einige Wochen im Altersheim war, weil es nicht mehr ging, alleine in der Wohnung. Mein Großvater war sechsundneunzig Jahre alt gewesen, erst seit einem Jahr ging es abwärts, wie man sagt. Schließlich war es nur eine Erkältung, an der er starb.

Ich weiß schon, hatte er zu mir gesagt, als ich ihn im Sommer noch besucht hatte und wir die stark befahrene Landstraße entlangspazierten, es gab keinen Gehsteig, also gingen wir hintereinander auf dem schmalen Streifen Gras zwischen der Straße und der durch einen Zaun abgetrennten Weide, ich weiß schon, dass sie es nur gut meinten. Wir hatten einen kleinen Spaziergang gemacht und waren auf dem Rückweg ins Altersheim. Sie haben mir erklärt, dass es das Beste wäre, jetzt, kein Wunder, sagte mein Großvater. Kein Wunder, wiederholte er, bei allen Problemen, die sich jetzt häuften, bei den sich stapelnden Rechnungen und der vielen Werbung, den Unfällen und Vergesslichkeiten und dem Gebiss, das ich im Bus verloren hatte. Aber ich habe einfach gedacht, es ginge so weiter wie immer. Daher bin ich so überrascht gewesen, so ungeheuer überrascht, überrumpelt, könnte man fast sagen, sagte mein Großvater. Natürlich konnte mein Großvater gar nicht so ungeheuer überrascht sein, da man seit Jahren darüber sprach, und er seit nunmehr sieben Monaten auf ein freies Zimmer im örtlichen Altersheim gewartet hatte. Die Lastwagen fuhren derart nah vorbei, dass ihr Luftzug uns erschütterte. Ich fürchtete, mein Großvater würde schwanken, doch er ging schnurgeradeaus und setzte sorgsam einen Fuß vor den anderen. Als ein Bus vorbeifuhr, winkte er dem Busfahrer zu, den er wahrscheinlich kannte. Auf der anderen Straßenseite erhob sich ein dichtbewaldeter Hügel, auf dem ich später spazieren ging, als das Laub schon rot geworden war und mein Großvater im Sterben lag. Das freut mich aber, dass es dir gut geht in der großen Stadt, meinte mein Großvater dann. Ich hatte ja immer

ein düsteres Bild von dieser Stadt, sagte mein Großvater, ich dachte immer, da müsse alles eng und dunkel sein. Ich dachte an den Kohlenstaub und die Dämmerung um halb vier Uhr nachmittags, doch ich wusste, dass mein Großvater von etwas Anderem redete, dass er von den Bildern der Wochenschau sprach, vom Volk der Deutschen und von der Angst, damals. Es ist gut, dass du in die Weite gehst, sagte mein Großvater, während wir die dicht befahrene Landstraße entlanggingen. Es scheint mir fast so, dass im selben Maße, wie du in die Weite gehst, bei mir nun alles immer weniger wird, dass ich alles aufgeben muss, was mir je lieb war; die Wohnung, in der ich mit deiner Großmutter lebte, alles.
Du hast doch keine Ahnung, was Demut heißt, sagte Lorenzen. Ich wollte etwas erwidern, etwas von der eigenen Nichtigkeit in Bezug auf etwas Größeres. Ich wollte etwas entgegnen, von schwarzen Zypressen vor einem noch schwärzeren Himmel, von den Sternen über mir und von der Lust, auf die Knie zu gehen und mit dem Gesicht nach unten zu liegen. Doch die Zypressengeschichte war nicht meine Geschichte, ich hatte sie nur gelesen.

Es war ein Sonntag, erzählte ich Lorenzen, in New York war das; ich hatte meine Wäsche im chinesischen Waschsalon abgeholt und stand mit der Tüte gewaschener und gebügelter Wäsche, auf welcher *Thank You* auf Englisch und wohl auch auf Chinesisch stand, an der Ecke Broome Street und Orchard. Ich hatte gerade versucht, von einer Telefonzelle nach Europa anzurufen. Dies erzählte ich Lorenzen natürlich nicht, dass ich jeden Tag, bei Regen, Wind und Straßenlärm, von einer dieser Telefonzellen, die man nicht einmal Zelle nennen konnte, da sich das Telefon im Freien an irgendeiner Hauswand oder an einem Verkehrsmasten befand, dieselbe Nummer wählte. Auf der anderen Seite des Ozeans war es schon Nachmittag, die etwas heisere Stimme sagte: Ich bin nicht da, bitte hinterlassen sie eine Nachricht, was ich nicht tat.

Ich stand also an dieser Kreuzung, sagte ich zu Lorenzen, als diese Frau mich am Ellbogen berührte, ganz fein nur, dass ich erst durch den dicken Stoff der Daunenjacke kaum etwas spürte, die Frau zupfte also am Stoff der Winterjacke und sagte: Signorina, could you please help me? Ich drehte mich um und blickte hinunter zu der Frau, die derart winzig war, dass sie mir kaum bis zur Taille reichte, und die ihre Hand schon unter meinen Arm geschoben hatte, bevor ich etwas erwidern konnte. Als das Lichtsignal auf Grün wechselte, überquerten wir die Straße ganz langsam, und obwohl die Straße nicht besonders breit war, wechselte die Ampel, als wir uns auf der Hälfte befanden, schon wieder auf Rot. Ich hielt eine Hand hoch, obwohl kein Auto in der Nähe war, es war Sonntag. Auch die Bowery überquerten wir in diesem Schneckentempo, und die Frau sagte: Lei è come un angelo, così grande e gentile, und ich trug die Wäschetüte in der einen und hielt die federleichte Frau an der anderen Hand und fragte nicht, wohin des Wegs. Da war dieses Sonntagsgefühl und der blaue New Yorker Himmel, so blau, wie er es nur in New York sein kann, als wäre der Himmel blauer und höher als anderswo, und plötzlich hielt die kleine Frau inne. Vor uns an einem

Wohnhaus öffnete sie eine Tür, kaum größer als sie selbst, ich hätte mich bücken müssen, um einzutreten. Die Frau bedankte sich und verschwand. Der Raum hinter der Tür war dämmrig dunkel, und außer einiger dieser Kerzen in roten Plastikhüllen, die ich als Kind immer in den katholischen Kirchen in Italien angezündet hatte, ließ sich kaum etwas erkennen. Ich stand noch eine Weile vor der Tür, getraute mich aber nicht einzutreten und brachte dann die Wäsche nach Hause.

Lorenzen blickte mich mit kleinen Augen an. Ich wusste genau, dass du mit so was kommst, mit einem Glauben, einem katholischen womöglich. Ehrfurcht ist das vielleicht, sagte Lorenzen, Ehrfurcht vor etwas, was wir längst verworfen haben. Aber was hat das mit Demut zu tun? Vom Felsen stürzen will sich Philoktet, sein Haupt zu zerschmettern, die Glieder alle. Wir hatten über die Stadt geredet, Lorenzen und ich, bevor Lorenzen anfing, über Demut zu sprechen, über die kleine Stadt, aus der ich kam. Lorenzen war auch ein Fremder, vielleicht glaubte ich deswegen, er würde mich verstehen. Es ging mir nicht schlecht dort, sagte ich, wenn da nicht diese Ungeduld gewesen wäre. Ich sage Ungeduld, aber vielleicht war es auch eher eine Art Psychose, die mich immer wieder befiel. Sie kam in den seltsamsten Momenten, wenn ich in der Straßenbahn saß und die gleichmäßig schönen, gelangweilten Gesichter der Menschen um mich herum betrachtete, die Häuser, die teuren Geschäfte und die leuchtend weißen Berggipfel hinter dem See, eine Ungeduld, die sich wie eine Krankheit in mein Gehirn fraß und mich insgeheim auf zehn zählen ließ wie ein Kind, das wartet, bis die Angst vorbeigeht, statt die Artikel in den Gratiszeitungen zu lesen, eine Ungeduld, die mich, wenn ich an einer Straßenkreuzung stand, insgeheim denken ließ: rot, orange, grün, quälend langsam, wie die Ampel, die die Farben wechselt. In anderen Ländern gibt es wenigstens nur rot und grün, sagte ich zu Lorenzen, und man ist der Willkür vollends ausgeliefert. Doch nicht nur an Straßenkreuzungen, sondern auch in gänzlich unpassenden Situationen, dachte ich: rot, orange, grün, wie ein böses Omen, beim Zähneputzen, in einer Vorlesung oder wenn ich mich mit bekannten Gesichtern unterhielt, bis ich manchmal nur noch rot, orange, grün dachte, rot, orange, grün, orange, rot, orange, grün, orange und wieder rot. Manchmal dachte ich, verrückt zu werden. Dann zog ich weg.

Ich war gerade erst aus der kleinen Stadt zurückgekehrt, wo mein Großvater lag und im Begriff war zu sterben. Über dem Altersheimbett hing der heilige Georg, ein russisches oder bulgarisches Ikonenbild.
Eine Schwester brachte Milchreis und Apfelmus, was mein Großvater immer gemocht hatte, doch er sagte, nein, ich kann das nicht mehr essen, da oben auf dem Schrank steht doch noch der Milchreis von letzter Woche. Auf dem Schrank war natürlich kein alter Milchreis, wahrscheinlich dachte mein Großvater, er sei in seiner alten Wohnung, wo er oft Esswaren an den unmöglichsten Stellen aufbewahrt hatte. Außerdem fürchtete er sich vor einem Pferd. Dieses Ross, sagte mein Großvater, dieses Ross macht mir am meisten Angst. Er zeigte auf den dreieckigen Haltegriff, der über seinem Bett hing und

an dem er sich mit knochigen Armen hochzuziehen versuchte, wenn die Schwestern das Leintuch wechselten oder wenn er nach Hause gehen wollte. Das Pferd erwähnte er immer wieder, er fürchtete sich vor all den Pferden, vor den Pferden im Zimmer, den Pferden auf dem Hügel und in den Wolken. Dieses Ross, insistierte mein Großvater und hielt mir das Plastikdreieck entgegen, warum ist da bloß dieses Ross hineingebaut? Da ist kein Ross, wollte ich sagen, doch ich sagte: Wenn dich das Pferd stört, dann sag ich denen, dass sie es wegnehmen sollen. Ach, wirklich, das würdest du für mich tun?, sagte mein Großvater und schien beruhigt.
Eine Nachbarin sprach das Vaterunser und Gebenedeit seist du Maria unter den Frauen. Mein Großvater murmelte die Strophen mit, mit zahnlosem Mund. Dann sagte er: Elsbeth, schön, dass du hier warst, aber ich muss jetzt leider nach Hause gehen, ich bin schon viel zu lange hier in diesem Zimmer. Wir sollten ihm endlich seinen Mantel bringen, sagte er. Ich ging auf den Balkon und schaute den Gänsen im Garten des Altersheims zu und auf den bewaldeten Hügel hinter der Landstraße und den grauen Himmel darüber; da waren keine Pferde.

Weißt du überhaupt, was Demut heißt, sagte Lorenzen. Unter seinen Augen hatte er einen Rest verwischte schwarze Schminke, was seinen Blick noch eindringlicher erscheinen ließ, seine Haare standen verschwitzt vom Kopf ab. Nur sein Körper schien zusammengesackt und in sich ruhend. Ich sah Philoktet, mehr als ich jemals Lorenzen in dem von ihm gespielten Philoktet sehen

konnte. Philoktet wurde auf der Fahrt in den Trojanischen Krieg von einer Schlange gebissen und deshalb von den Gefährten, weil für den Kampf unbrauchbar, auf der Insel Lemnos zurückgelassen. Dort lebte er zehn Jahre, schoss sich Vögel aus dem Himmel und pflegte seine schwärende Wunde, während die Griechen vor Troja starben. Bis sich diese wieder an ihn und an Herakles' unfehlbare Pfeile erinnerten.
Ich wollte etwas erzählen, von dem Unwetter im Gebirge, als mein Bruder und ich noch Kinder waren, zerplatzenden Lichtgarben am Horizont, oder von dem Gewitter unter mir, als ich zum ersten Mal in einem Flugzeug saß und einen Moment lang glaubte, es sei Krieg da unten. Doch dies war lange her, und davon erzählte ich Lorenzen nichts.

Letztens zum Beispiel, so erzählte ich Lorenzen, musste ich auf das Kind einer Freundin aufpassen. Das Kind hatte mich ausgewählt, als Jeanne fragte, wen es als Babysitter haben wolle, nannte es angeblich meinen Namen, ich war überrascht, dass es überhaupt meinen Namen kannte, aber vielleicht hatte Jeanne ihn dem Kind auch nur eingeflüstert. Ich hatte bisher wenig mit ihm zu tun gehabt, immer wenn ich Jeanne besuchte, war es im Hort, beim Vater oder schon im Bett, jedenfalls kannte es mich kaum. Jeanne kannte ich seit ewiger Zeit, wie es mir schien, wir hatten uns aber aus den Augen verloren, schon bevor sie das Kind gekriegt hatte. Ich kam in die Wohnung, die etwas zu farbenfroh eingerichtet war, wir aßen zusammen Abendbrot, das Kind war sehr aufgeregt, aß kaum etwas, sondern pustete mit einem Strohhalm Kartoffelpüree und Erbsen über den Tisch. Als Jeanne zu ihrer Verabredung ging, beachtete das Kind seine Mutter kaum, ignorierte ihre Küsse und die Wange, die sie ihm hinhielt. Lass uns spielen, rief das Kind, als sie weg war. Das Spiel ging so: Ich musste mich hinlegen und so tun, als würde ich schlafen. Dann musste ich *Mama, Mama* schreien, worauf das Kind angerannt kam und fragte, was denn los sei. Ich habe böse geträumt, musste ich darauf sagen und weinen, oder: Ich will eine Milch, und das Kind rannte abermals weg, kam wieder, streckte mir seine leere Hand hin und sagte: Hier, eine Milch. Das Spiel war angenehm, da ich unendlich müde war und beinahe tatsächlich eingeschlafen wäre. Doch das Kind protestierte, und ich musste es weiter rufen: Mama, ich hab Angst vor dem Gewitter, ich will, dass du mir ein Gutenachtlied vorsingst. Das Kind sang hastig: Der Mond ist aufgegangen, der weiße Nebel Wunden brach. Als ich das Kind zu Bett brachte, fiel mir auch nur das eine Lied ein, also sang ich es und wunderte mich, dass ich mich an alles erinnerte, bis zur letzten Strophe mit den Brüdern und dem kranken Nachbarn auch. Ich bin noch gar nicht müde, hörte ich das Kind sagen, und gleich darauf war es eingeschlafen.

Ich erhob mich leise, setzte mich ins Wohnzimmer und begann zu lesen, in einem Magazin für Eltern, das auf dem Tisch lag. Ich stand wieder auf, lief in Strümpfen über den Dielenboden in die Küche, aß einen Löffel aus dem Topf mit Tomatensugo, der auf dem Herd stand, machte den Kühlschrank auf und schloss ihn wieder. Ich schnupperte an den Mänteln, die im Flur hingen, hob einen Strumpf auf und las einen Einkaufszettel,

was ich Lorenzen nicht erzählte; solche Dinge tut man nur, erzählt sie aber niemals jemandem. Ich las auch einen anderen Zettel, auf dem geschrieben stand: *Es ist ein Abstand zwischen mir und der Welt.* Ich ging wieder in die Küche und goss mir ein Glas Milch ein. Die sämig kühle Flüssigkeit in meinem Mund schmeckte nach nichts und doch nach etwas, an das ich mich nicht mehr erinnern konnte. Ich goss den Rest der Milch in den Ausguß und drehte den Wasserhahn auf, wie um die Spuren zu beseitigen. Ich setzte mich ins Wohnzimmer und schaltete den Fernseher ein.
Ich hörte zuerst das Gewitter, dann erst hörte ich das Kind, sagte ich zu Lorenzen. Es musste schon eine Zeitlang geschrien haben, ich schloss das Fenster und drückte das nassgeschwitzte Kind an mich. Es hörte nicht auf. Ich fürchtete, dass etwas mit dem Kind nicht in Ordnung war, dass ich zu spät gekommen sei, was wusste ich schon von dem Kind. Doch dann hörte es plötzlich auf zu schreien, es war eingeschlafen. Ich legte es ins Bett, deckte es zu und legte mich daneben. Dann stand ich auf und ging ins Wohnzimmer, weil Jeanne bald nach Hause kommen sollte.

Lorenzen runzelte die Stirn und blickte mir mit seinem inständigen, leicht vom Alkohol getrübten Blick in die Augen. Das Kind verwechselte dich, es dachte, du wärst jemand anderes. Oder vielleicht dachtest auch du, du könntest jemand anderes sein. Die Liebe beruht meistens auf einer Verwechslung.
Der heilige Georg, der über dem Bett meines Großvaters hing, hatte einen großen, fast kindlich anmutenden

Kopf, er ritt auf einem Pferd, während sich der Drache schlangengleich unter ihm wand.
Mein Vater hatte uns angerufen und gesagt, dass es wohl nicht mehr lange ginge. Und alle kamen nochmals in das Krankenzimmer, meine Geschwister, Tanten und Onkel, Cousins und Cousinen, und mein Großvater, guter Dinge, strahlte und sagte: Das ist aber schön, dass ihr alle noch zu dieser Zusammenkunft gekommen seid.
Eine Cousine von mir schlug vor, ein Lied zu singen. Wir begannen zu singen *Der Mond ist aufgegangen*, weil uns nichts Besseres einfiel. Doch schon bei der zweiten Strophe begann mein Großvater zu rufen: Hört auf, hört auf, rief er. Es ist noch nicht Nacht.
Du hast doch keine Ahnung, was Demut heißt, sagte Lorenzen. Ich war die Wunde, sagt Philoktet, ich das Fleisch, das schrie. Ein Tag wird kommen, wollte ich sagen, un giorno venira, und von der Frau in dem Film von Antonioni erzählen, der sie in der Psychiatrischen Anstalt erklären, sie solle versuchen, ihre Liebe zu beschränken. Amare una persona o anche una cosa: suo marito, suo figlio, un lavoro o anche un cane. Ma non marito, figlio, lavoro, cane, alberi, fiume ...

Die letzten Jahre war ich in jemanden verliebt, erzählte ich Lorenzen, doch derjenige wollte mich nicht. Ich kam mir vor, in dieser Zeit, wie eine Minnesängerin, denn mein Glück bestand im Licht, das ich in seinem Fenster erblickte, nachdem ich eine Straße zu weit gegangen war.
Was ich Lorenzen nicht erzählte, war, dass ich, schon bevor ich denjenigen kannte, oft versehentlich zu weit ge-

laufen war, weil ich die Abzweigung in meine Straße verpasst und dies jeweils erst gemerkt hatte, als ich das große Schild eines Ladens namens AMERICA sah. Ich merkte also, dass ich falsch war, und machte kehrt. Schließlich schien mir alles nur logisch und schlüssig, als ich eines späten grauen Morgens das Haus verließ, in dem er wohnte, und dieses AMERICA-Schild sah. Dies erzählte ich Lorenzen nicht, und auch ihm hätte ich es natürlich nie erzählt. Wir trafen uns danach nur selten, erzählte ich Lorenzen, eher zufällig, wir lachten und tranken viel und redeten über die Leute, die wir beide kannten. Ich erzählte wenig von mir. Ein Jahr lang lief ich zwei Straßen zu weit zu dem Haus über dem Schild mit der Aufschrift AMERICA, das später entfernt wurde, da ein Restaurant mit einem anderen Namen einzog. Beinahe jeden Abend schaute ich nach, ob Licht brannte im dritten Fenster des zweiten Stockwerks. Dann zog ich auf die andere Seite des Kanals und ging nur noch selten zu weit auf dem Nachhauseweg. Irgendwann hörte ich ganz damit auf.

Und das nennst du Demut, sagte Lorenzen, Hoffnung ist das vielleicht, aber keine Demut. After millions of years of crying, the sun still shines and shines, wollte ich sagen. Wenn du denkst, es geht nicht mehr, kommt irgendwo ein Lichtlein her, sagte Lorenzen, und ich musste lachen. Die Stühle waren schon auf die Tische hochgestellt, und durch die Türangel sah man den grauen Morgen. Die schmeißen uns gleich hier raus, meinte Lorenzen, der Kellner blickte zu uns herüber und hob die Augenbrauen. Lorenzen blickte mich an, seine müden

Augen waren die des Philoktet. Ich war gerade erst aus der kleinen Stadt zurückgekommen, in der mein Großvater gestorben war, und ich saß hier mit Lorenzen, statt nach Hause zu gehen. Eigentlich habe ich das gar nicht so ernst gemeint, sagte Lorenzen, die Sache mit der Demut. Ich meine, was heißt schon Demut. Das war doch ein Witz. Ich dachte, du nimmst das nicht ernst. Du bist aber derart darauf eingestiegen. Ich blickte Lorenzen an, und wenn ich nicht so erschöpft gewesen wäre, wäre ich aufgestanden und gegangen. Geh du voran, sagt Odysseus nach dem Mord an Philoktet zu Neoptolemos, geh schneller, dass nicht deine Wut verraucht.

Eines wollte ich unbedingt noch tun für Rosa, sagte mein Großvater später, ich wollte doch noch alle Augen unter ein Dach bringen. Meine Großmutter Rosa war seit über zwanzig Jahren gestorben. Ihr Bild stand auf seinem Nachttisch im Altersheim, ein Bild zwar noch vor der Krankheit, doch ihre Augen schienen schon damals nach innen zu schauen. Als er sie fragte, ob sie ihn heiraten wolle, habe sie nichts gesagt. Erst Jahre später habe sie ihn beiseitegenommen und gesagt: Selbst wenn ich nicht empfinde wie du, ich will dir eine treue Frau und Gefährtin sein. Man sagte jedoch auch, dass sie vor der Hochzeit noch einmal unsicher wurde und ihre Schwester fragte, ob nicht sie ihn heiraten wolle.
Mein Großvater hatte ihr ein Haus gebaut, in dem Dorf in den Bergen, das hieß wie die Träume, Osogna; ein Haus mit vielen Zimmern, die nach den durch die Fenster sichtbaren Bergen benannt waren; in jedem Zimmer gab es mehrere Betten, nebeneinander und übereinander,

sogar auf dem Dachboden gab es noch herunterklappbare Betten, dass selbst bei Dutzenden Kindern und Enkeln alle einen Platz gefunden hätten. *Kommt her, ihr lieben Kinderlein, ich will eure Mutter sein*, stand zuoberst, unter dem Dachgiebel, in das vom Wetter fast schwarzgedunkelte Holz eingeschnitzt, und an der Haustüre stand: *Heim*, ihr Name und Mädchenname darunter.
Ich wollte endlich alle Augen unter ein Dach bringen, für Rosa, sagte mein Großvater nochmals. Er konnte sich sonst an keine Namen mehr erinnern. Er zeigte auf das Dreieck, das über dem Altersheimbett hing, als wäre dies das Dach, und fragte: Was meinst du, wie viele Augen passen unter ein Dach?
Am letzten Morgen schlief mein Großvater, und meine Tante hatte müde Augen. Ich aß das Apfelmus, das mein Großvater nicht mehr essen wollte. Wir hörten die Matthäuspassion, Oh Haupt voll Blut und Wunden. Mein Großvater schien kaum noch zu atmen, ich beugte mich zu ihm herunter, da sah ich das Pferd des heiligen Georgs durch das Dreieck des Haltegriffs, der über dem Bett meines Großvaters hing. Leise nahm ich das Bild des mit dem Drachen kämpfenden heiligen Georgs herunter und hängte ein Bild mit gelben Sonnenblumen an dessen Stelle. Dann saß ich im Zug, das herbstlich rote Land hinter den Fenstern.
Wir sollten nach Hause gehen, sagte Lorenzen, es ist spät. Wir bezahlten, und ich verabschiedete mich draußen von Lorenzen, der im fahlen Licht der Morgendämmerung plötzlich sehr alt und müde aussah. Nicht einmal wie Philoktet sah er aus, nur müde und alt. Schlaf gut, sagte Lorenzen und gab mir die Hand.

Unter Wasser

Wenn wir auch nicht darüber sprachen, wussten mein Bruder Paul und ich, dass es keine Kröten mehr gab am Ufer des Mondsees. Sie hatten an jenem Juliabend den beschwerlichen Weg über die Hauptstraße auf sich genommen, um einen anderen Teich zu bevölkern. Alles, was an den Prozessionszug unzähliger Kröten und Laubfrösche erinnerte, waren die zerquetschten braungrünen Leiber, bald mit Schmeißfliegen übersät, die auf dem heißen Asphalt liegen blieben.
Mahnmale gegen das Vergessen. Als ob wir irgendetwas hätten vergessen können. Paul und ich gingen nicht mehr zum Mondsee, und wir sprachen auch nie wieder *Rosam* miteinander.

Rosam war unsere geheime Sprache, die Waffe gegen den Kindergarten, der uns Bauchschmerzen verursachte, gegen die bösen Kinder, die den Fröschen die Beine aus dem Leib rissen und sie mit Fahrradpumpen aufzublasen versuchten, gegen unsere Eltern, die immer fortgingen am Abend. Man konnte sich nie sicher sein, ob sie wieder zurückkommen würden. Wenn sie fortgingen, war die Nachbarstochter da, die ganz enge Jeans trug und knallbunte T-Shirts über ihren Brüsten. Weil wir keinen Fernseher hatten, las sie Bücher, die *Brennende Herzen* hießen oder so, mit küssenden Paaren auf dem Umschlag. Die Nachbarstochter hieß Denise und sie scherte sich einen Dreck. Und wir waren uns nie sicher.

Es konnte so viel passieren, Morde, Überfälle, Autounfälle oder dass das Haus abbrennt, und unsere Eltern zurückkommen, und da ist nichts mehr, weil wir alle verbrannt sind, Paul und ich und Denise. Oder Kriege, die plötzlich ausbrechen, oder Tschernobyl. Wir versuchten wachzubleiben, aber die Augen brannten vom Licht der Nachttischlampe, um die die lichtsüchtigen Mücken kreisten, bis ihre Flügel versengten und sie herabfielen. Oder wir versuchten, vor dem Einschlafen an all das zu denken, was passieren könnte, weil, wenn man ganz stark daran denkt, würde es nicht passieren, dachten wir. Wir dachten an brennende Häuser, an Unfälle und Morde und Messerstechereien, an Überschwemmungen, Kriege und Atomkatastrophen, aber die Liste wurde immer länger, und wir hatten Angst, etwas zu vergessen. Man konnte sich nie sicher sein. Irgendwann fanden wir uns damit ab, indem wir uns ein wenig von der Welt entfernten, etwas mehr als die anderen Leute. Wir sprachen *Rosam*, damit uns niemand verstehen konnte, und verbrachten die gleichförmigen Tage am Mondsee.

Rosam war eine Sprache der Laute gewesen, nicht der Wörter, wir verstanden uns über die Sanftheit eines As, über das Kichern eines Is, über gurgelnde Wellen, das Trommeln des Regens und den Gesang der Fische unter Wasser. Es gab nur einige wenige festgelegte Wörter, doch damit konnten wir die ganze Welt erklären. Es gab zum Beispiel *jatschiri* für Schokolade, Baden im Mondsee, Geburtstag und Weihnachten zugleich. *Uram* bedeutete Nacht, Träume (nur die guten) und Märchen

(auch nur die gut ausgehenden). Diese Worte wurden umspült von nicht festgelegten Lauten, wie ein großer Fels inmitten eines Flusses. Dann gab es noch *bosch*. Das Böse, all die schrecklichen Dinge, an die wir vor dem Einschlafen denken mussten, die anderen Träume, das Aufschrecken und weder schreien noch atmen können, als wäre man viel zu tief getaucht, bis an den Grund des Mondsees vielleicht. Die schwarzen Löcher im dunklen Zimmer, von denen man nicht wusste, in welche Welt sie einen fortlockten. Die zerplatzten Seifenblasen.
Und als nach jenem Tag auch unsere Sprache *bosch* wurde und wir zu denken begannen, hörten wir auf, sie zu sprechen. Wir versuchten es zwar noch manchmal, in der Verzweiflung erfanden wir neue Wörter, die wir aufschrieben und mit ihrer deutschen Übersetzung versahen. Aber es gab viel mehr Wörter als Unglücke, die geschehen konnten, und an alle zu denken verursachte einen stechenden Schmerz im Kopf. So begann ich, Deutsch zu sprechen, und Paul begann zu schweigen.

Früher war der Mondsee unser Zuhause gewesen. Wenn man uns nicht längst die wahren Tatsachen erklärt hätte, hätten wir behauptet, wir wären aus ihm geboren worden und nicht aus dem Bauch unserer Mutter. Die Zeit, bevor wir begannen, zum Mondsee zu gehen, lag hinter dem Nebel. Der See war der Anfang unserer Zeitrechnung, der Anfang des Lebens.
Wir lebten noch in einem Zwischenraum, und das Kind, das den Bauch unserer Mutter in einen großen Ball verwandelte, war *jatschiri*. Es war *jatschiri* mit einem hohen

Jauchzer, und die Freude in uns war so groß, dass wir unsere kurzen Arme bis weit nach hinten bogen, um das Ausmaß der Freude anzudeuten, wir dachten, die Arme müssten sich hinter dem Rücken kreuzen, damit ein Kreis entstünde, ein tausendmal hinter dem Rücken gekreuzter Freudenkreis. Und dieser Kreis füllte uns aus, dass wir uns fragten, warum wir nicht auch solch einen dicken Bauch bekämen und platzen würden vor lauter *jatschiri*.

Wir wussten, dass das Kind zu dieser Zeit noch ein Fischleben führte, in einer Seifenblase, gefüllt mit weichem Wasser. Unsere Mutter zeigte uns ein Buch mit Embryobildern, und diese durchsichtigen orangefarbenen Wesen waren das Schönste, was wir je gesehen hatten. Aber wenn unsere Mutter sich zu heftig bewegte, bangten wir um das Fischleben des Kindes, jetzt war es zwar noch in seiner Seifenblase geschützt, aber es würde erfrieren an der kalten Luft, ersticken wie ein stummer Fisch, den man an Land gezogen hat.

Und so taten wir den Schwur: Wir schworen, das Kind zum Mondsee zu bringen, zum Wasser, wo es hingehörte. Es war der zweite und letzte Schwur in unserem Leben. Beim ersten Schwur hatten wir uns die Handgelenke aufgeschnitten und geschworen, dass wir einander niemals verraten würden, den Mondsee, unsere Sprache und unsere Sünden, die noch leicht wogen, damals. Als wir das Blut miteinander vermischten, fiel Paul in Ohnmacht. Nach dem zweiten Schwur haben wir nie wieder etwas geschworen.

Da Paul und ich Wasserkinder waren, gingen wir nicht nur an den sonnigen Tagen baden, ja, eigentlich waren uns sogar die Regentage die liebsten, wenn das Wasser des Himmels und das des Sees sich berührten und es keinen Horizont mehr gab. Der See hatte weder Zu- noch Abfluss, ein Moorsee, und nur aus Unverständnis des Wortes *Moor* nannten wir ihn Mondsee, er hieß nicht wirklich so. Wir wateten ins seichte Wasser, ließen den Schlamm zwischen den Zehen hindurchquellen, und unsere leichten Fußabdrücke füllten sich wieder, so dass der Boden schon nach einem Augenzwinkern aussah, als wäre nie jemand darübergelaufen. Die glänzenden Fischleiber schossen an uns vorüber und küssten unsere Zehen mit ihren Mündern. Das Wasser war weich und warm wie die Flüssigkeit im Bauch der Mutter, in der das Fischkind lebte. Das stehende Wasser hatte kaum Strömung und umschloss unsere Körper wie Öl. Eigentlich war es verboten, darin zu baden, da die mit Sonnencreme eingeriebenen Menschenleiber das Wasser noch öliger machten und die Fische zu sterben begannen. So patrouillierte zeitweise ein Polizist am Seeufer, aber da wir Wasserkinder waren, bereit, unterzutauchen, sobald Gefahr drohte, war es beinahe unmöglich, unsere Haare vom Schilf zu unterscheiden und unsere geschmeidigen Kaulquappenkörper zwischen den Wellen auszumachen. Aber an den regnerischen Tagen blieben die sonnenhungrigen Menschen und auch der Polizist zu Hause.
Der Regen trommelte auf unsere Köpfe, tropfte von den Haaren auf die mageren Schulterblätter, hielt beim Schlüsselbeinknochen kurz inne, um dann in kleinen

Rinnsalen den ganzen Körper hinabzulaufen und sich mit dem Seewasser zu vereinigen. Wir schauten hinauf in den grauen Himmel, der Regen fiel in unsere Augen wie umgekehrte Tränen.
Wir wurden selbst zu Wasserwesen, wie die Fische im Mondsee und das Kind, das im Bauch unserer Mutter schwamm. Ein einziger Sonnenstrahl, und wir wären verdunstet, und nichts wäre übriggeblieben.

Wir durften unsere Mutter am Tag nach der Geburt des Fischkindes, das nun rot und verschrumpelt in einem Kasten lag, im Spital besuchen. Sie hatten ihr den Bauch aufgeschnitten, hatten das Kind herausgeholt und den Bauch wieder zugenäht. Weder bei Paul noch bei mir hatten sie den Bauch aufschneiden müssen. Weil das Kind nicht schrie und kaum atmete, musste es noch in den Glaskasten.
Die Mutter lag in einem weißen Krankenhauszimmer in einem großen weißen Bett, dessen Höhe man automatisch einstellen konnte, mit weißen Neonlichtern und weißgekleideten Schwestern, die kamen, wenn man den roten Knopf drückte, den man nicht drücken durfte. Die Mutter konnte es nicht ertragen, dass das Kind im Glaskasten war und nicht bei ihr. Wir dachten, sie sei verrückt geworden; immer wieder heulte sie auf wie ein kranker Hund und schrie nach dem Kind, dann lag sie stundenlang reglos da und starrte in die Luft. Man konnte vor ihrem Gesicht herumfuchteln, ohne dass sie die Augen bewegte, sie zwinkerte nicht einmal. Sie war wieder dünn geworden ohne den Kugelbauch. Auch nachdem sie nach Hause durfte, ging sie jeden Tag ins

Spital, zum Kind im Glaskasten, sie war ununterbrochen dort, nur in der Nacht schickten die Schwestern sie nach Hause.
Paul und ich hatten uns schon fast daran gewöhnt, als das Kind nach Hause durfte. Wir fanden nicht, dass es zu wenig schrie. Unsere Eltern überhäuften es mit Geschenken, Teddybären und Liebe und fütterten es mit schlabbrigsüßem Brei. Es war plötzlich da. Immer. Überall.

Unsere Mutter ging nun nicht mehr fort abends, und die Nachbarstochter mit den Groschenromanen sahen wir kaum mehr. Aber das bedeutete nicht, dass es besser wurde. Wir mussten ab jetzt immer ruhig sein, so still, wie man gar nicht sein konnte, weil die Dielen knarrten, selbst wenn man auf Zehenspitzen darüberhuschte.
Außerdem war Krieg. Im Dorf hatten sie die Fastnacht abgesagt deswegen. Der Krieg war zwar weit weg, aber trotzdem sahen wir ihn jeden Tag, da wir jetzt auch einen Fernseher hatten wie alle anderen. Einmal nach der Tagesschau, als eigentlich ein Krimi kommen sollte, den wir nicht sehen durften, wurde der Bildschirm einfach schwarz. Nicht etwa schwarz mit grünen Lichtern, die Bomben waren, sondern nur schwarz. Fünf Minuten lang. Wir starrten auf den schwarzen Bildschirm und vergaßen zu atmen. In diesen endlosen fünf Minuten dachten wir, dass er zu uns gekommen wäre, der Krieg. Doch dann kam Schnee, weißes Geriesel, und schließlich eine Moderatorin, die sich für die technische Panne entschuldigte.
Wir mussten zur Schule gehen, erst Paul und ein Jahr

später auch ich. Die Schule war noch viel schlimmer als der Kindergarten, und die Bauchschmerzen hörten kaum mehr auf, nur in den großen Ferien hatten wir eine Zeitlang Ruhe. Die Schule war weit von zu Hause, unten im Tal, und überall auf dem Schulweg lauerte die Gefahr. Im Winter war es am schlimmsten, die Fahrräder versanken im Schnee, und man konnte nur hoffen, dass kein Schneepflug kam, dem man ausweichen musste, mit dem Fahrrad auf die meterhohe Schneemasse am Straßenrand klettern, oder dass einem keines von den größeren Kindern auflauerte.
In den endlosen Wintern und kurzen Sommern wurde das Kind größer, begann weniger zu schreien und fing an zu reden. Aber es sprach nicht die Sprache der Eingeweihten. Wir waren uns nicht sicher, ob wir es wirklich gewollt hatten.

An diesem Tag im Juli erinnerten wir uns an das Vorhaben, dem Kind den Mondsee zu zeigen. Das Wasser gefiel ihm sofort, es patschte mit seinen dicken Händchen auf die Oberfläche und lachte, wenn das Wasser aufspritzte. Der See war spiegelklar und glatt, und ich weiß nicht mehr, ob es Paul war oder ich, der auf die Idee kam, hinauszuschwimmen, zu den Schwänen und Enten, die wir weit draußen auf dem See erblickten.

Inhalt

Kupfersulfatblau 7

Der Bruder 27

Nach Italien 41

Das weiße Meer 67

Schnee 93

Morgen ist schon wieder heute 111

Armageddon 135

Demut 147

Unter Wasser 163

Ich danke dem Literarischen Colloquium Berlin, dem Berliner Senat und dem Kanton Zürich für die Unterstützung meiner Arbeit.
Besonderer Dank an Susanne Kaelin für die Streichholzschachtelgeschichte und andere Geschichten und Gespräche; für Anmerkungen und Kritik danke ich Stefan Huber und Tilman.